吾輩は猫ではない、宇宙人である

安濃 豊

目次

カバーイラスト・挿絵　花輪和一

吾輩は猫ではない、宇宙人である

ネコを被ったネコ

吾輩はネコを被った宇宙人ネコである、名は「サンケ」、三毛《ミケ》を音読みして「サンケ」と呼ばれている。猫種は典型的な日本ネコだから、顔は丸っこいし、尻尾は短く丸まっている。一見ありふれた三毛ネコに見えるが、そんじょそこらの三毛ネコではない。吾輩は十万匹に一匹の割合でしか生まれてこないオスの三毛ネコである。オス三毛猫の肉体に宿って地球人を観察するため、はるか宇宙の彼方から飛来した。

このネコ肉体の元霊魂は脳の片隅で眠ってもらっている。吾輩がこのネコ肉体を幽体離脱して去るとき、元霊魂は眠りから蘇り、普通のありふれたネコに戻ることになっている。だから心配しないでくれ。ネコ肉体を一時拝借しているだけだ。

元のネコ魂が存在していないと肉体も死んでしまうから、生かしておかなくてはならない。ただし活動されては困るから眠らせてある。この技術は宇宙人だけが知る技術で、宇宙人はこのようにして他惑星の生物肉体を横取りしてきたのである。どうだ、すごいだろう。

吾輩が宇宙人であること、そして宇宙人とはどんなものであるのかについては追々説明していく。

朝からの出来事

今朝は玄関で長女をお見送りしてから、ネコ餌カルカンを食べさせてもらい、お母さんの家事を手伝った。手伝ったと言っても、自動掃除機ルンバの上に乗って遊んだだけだったが、お母さんはそんな吾輩を見て癒やされていたから、吾輩も家事手伝いの役に立っていたことになる。

洗濯と物干しなどの家事を一通り終えると、お母さんはいつもの通り、庭へ出て、草花の手入れをした。お母さんは庭いじりが大好きだ。今日はバラを手入れして、その後はイボタの垣根の剪定をした。敷地の二分の一が庭になっている。吾輩はお母さんの後ろをついて回って、時々背中に飛び乗ったり、手入れしている手に戯れ付いたりして遊んであげたんだ。黙って作業を見つめているよりも、戯れ付いたほうが喜ばれるようだ。吾輩もそのほうが楽しい。ただし、あんまりしつこく戯れ付くと作業の邪魔になるから、ほどほどに戯れるのが良い。

そうだ、不思議なことがあったんだ。

イボタの垣根の地面に柔らかい部分があるので、肉球を痛めないように掘り起こしたら、カエルが出てきた。土色をしていた。吾輩に掘り返されて慌てて逃げるかと思いきや、ただ蹲って身動きひとつしない。冬眠していたのだろう、起こしてしまって申し訳ないと思ったから、すぐに埋め戻してあげた。

庭いじりが終わると、居間で編み物をしたんだ。お母さんのもう一つの趣味が編み物だ。

家族のために毛糸のセーターを編むのが趣味だ。一着編むのに何ヶ月もかけることもあるらしい、丁寧に編んでいるからだ。編み物の腕はプロ並みらしい。お母さんは自分で編んだ編み物をコンテストに出品して賞をもらっているから、もう芸術家と言っても良い腕前である。

毛糸玉に戯れて転がすのはネコの仕事だ、毛糸を手繰るたびに毛糸玉が動く。これはネコの本能をくすぐるから、ついつい戯れ付いてしまう。でもこれも日本ネコの風物詩だ、ネコが戯れ付かない毛糸玉の風景は侘しい。戯れ付かないネコは可愛くないとされてしまう。

以前、わざと毛糸玉に戯れ付かず、無視して香箱座りしていたことがあるが、お母さんは「なぜ戯れ付かないの？」とばかりに毛糸玉をわざと転がした。これはじゃれて欲しいんだなと思ったから、戯れ付いてあげると、安心したかのように、編み物に戻った。毛糸玉に戯れ付くのは家ネコの大事なお仕事なのだ。それをしないとカルカンを減らされる。

お昼時間はお母さんのお姉さんが訪ねて来た。吾輩も炬燵から顔を出したり潜ったりしながら、お姉さんのスカートを内側からひっぱたり、スカートに潜り込んだりして遊んでいた。スカートに潜り込むと、

「サンケは変なネコね、そんなところに入りたがって」

とつまみ出されるのであった。

その後は炬燵の上のテーブルに香箱座りしたり、スフィンクス座りしたり、エジプト座りから手を舐めて、その手で顔を拭いたりしながら、二人のお喋りを聴いていた。ネコの顔拭

きも日本ネコの風物詩なのだ。

お姉さんの前で顔を拭くと、お姉さんはわざと吾輩の手を掴んで、顔拭きの邪魔をするんだ。そして肉球を指先で撫で撫でする。それを何度も繰り返されるから、顔拭きに時間がかかってしまう。アクビをして口を閉めると、指を噛んでしまう。お姉さんが吾輩の開いた口に指先を入れて遊んでいるからだ。でもそれで怒ってはいけない、シャーと唸ったり、耳をイカ耳にしてはいけない。逆に、その指をペロペロと舐めてあげるんだ。その方が吾輩の優しさが伝わると思うからだ。しかし、舐めてあげると、今度は舐めてる吾輩の舌を指先で器用につまんで引っ張るんだ。急に引っ張られるから「オエーッ」ってなる。これにはさすがの吾輩も宇宙人ネコとしてのプライドが許さない。シャーって威嚇声でも出したくなるが、舌が引っ張られているから、出せないんだ。こんなイタズラをしていったい何が楽しいのやら。

お母さんはお婆さんのことを心配しているらしい。

「姉さん、お母さんの具合はどうなの？」

「少しボケが進んだようだけど、意識ははっきりしているし、見た目は変わらないわ。計算が苦手になってきたようだわ」

「お母さんも、もう歳だから仕方ないわね、足腰はどうなの」

「膝が少しだけど痛むみたいね、でも歩けないわけではないわ、病院で見てもらったら、運動不足で脚の筋肉が落ちたのが原因ですって、それで毎日リハビリにと言って、犬を連れて散歩に行くわ、私も運動不足にならないように付いていくの」

「お父さんが亡くなってから、急に弱気になっちゃって、落ち込んでしまっていたから」

「仲の良い夫婦だったから、片割れを失うことは辛いのね」

吾輩は炬燵の上に香箱座りで二人の顔をキョロキョロ見ていた。季節が冬なら炬燵の上にはミカンが置かれているのだが、季節は春だから、ミカンではなく、大福が添えられている。旨そうだ。

オッ、お姉さんが大福を手にしたぞ。吾輩にもお裾分けを、というわけで、ミャーミャーと泣きながらお姉さんの眼をジッと見つめる。お姉さんは大福の端を摘まむと鼻先に持ってきてくれた。

「ムニャムニャと噛む、うまい、大福は旨い」

アンコの所だけ食べて、ほかは残した。

「あら、だめよ、サンケちゃん、皮も全部食べなきゃ。好き嫌いはいけません」

と残した大福の皮を摘まむと鼻の先に突き出してくる。食べなさいという意味だ。

「サンケ、食べなさい、食べないと、もう大福あげませんよ」

吾輩の鼻先に押しつけてくる、押しつけられるたびに、ヒゲがピクンと跳ねる。

さっき舌を引っ張られたから、味覚が鈍くなっていて、アンコの味しかわからなくなっている。

でも、これ食べないと、もう大福もらえなくなるから、仕方なく食べた。味のしないスポンジのようなものを食わされた。

「いい子ね、サンケはいい子なのよ」

と大福をもうひと摘まみくれた。今度は全部平らげた。

「サンケは頭の良いネコよ、人間の言葉がわかるみたい」

いや、吾輩は宇宙人だから言葉ではなく、テレパシーで人間の思考を理解できる。

でも、お姉さんは吾輩をただのネコだと思っているから、少し賢いネコぐらいにしか思っていないのである。

「最近お母さんったら、お父さんの骨箱抱いて寝るのよ。そのほうが落ち着いて眠れるんですって、仏壇に戻しても、朝起きたら布団に骨箱入れてるの。よほどお父さんが恋しいのね」

「生きているときも仲の良い夫婦だったけど、そこまで仲睦まじくは見えなかった。片割れを失うと変わるのね」

「お母さんが亡くなる前にお墓を造らないとだめね。お父さんと一緒に入ってもらわないと」

「お墓買うときは、あなたも少しお金出してよ。うちの婿は甲斐性なしで困ったものよ。本当に稼ぎ悪いの」

どうも様子から察すると、お姉さんは、旦那さんを婿に迎えて家を継いだらしい。

「ところで、次男は元気なの、もう大学卒業するんでしょう」

「それが、就職難でなかなか内定が決まらないみたい。父親に良いコネでもあれば良いのだけど、あの宿六じゃあねー、そうだ、あなたの旦那さんの運送会社はだめかしら、コネ使えない？」

「ウチのはだめよ、ただの運転手で管理職ではないから」

「本当に私たちの家系はコネ不足よね、ネコならいくらでもいるけど……、でもネコじゃあねー」

そういうと二人して吾輩をジーッと見つめていた。そこでお暇《いとま》した、彼女たちが求めているのは「ネコ」ではなくて、「コネ」だったからだ。

吾輩はコタツの置かれた和室を出て、トイレに置かれた砂場でオシッコをした。もちろんシッコの後は砂をかけてきた。トイレのドアにはお父さんがネコドア造ってくれたから、いつでも用を足せる。用が済んだら再びネコドアを通って縁側に出た。

この家は新しく建て替えた家なのに、畳部屋もあるし縁側もある。お父さんが自分が育った家を懐かしんで、あえて和室と縁側を造ったそうだ。おかげさまで吾輩は庭に臨む縁側で寛ぐことができる。

縁側のど真ん中が吾輩の指定席である。そこが一番視界がよくて、かつ陽当たりも良いのである。吾輩はいつもここにいて庭を監視している。いろいろ姿勢を変えながら座っている。ネコがネコであることの証となる「毛繕い」もほとんどここでしている。「縁側で毛繕い」も「炬燵とミカンとネコ」と同じように日本という国で見られる「ネコの風物詩」である。

この庭には親しい友人がいる。この庭の一角は小さな池になっていて、そこには錦鯉の夫婦が飼われている。この錦鯉はお父さんの趣味だ。お父さんはコイが大好きで、コイも大変人に馴れている。安物のコイだが吾輩にも懐いている。コイを飼うことはお父さんの趣味なのだが、お父さんは仕事で忙しいから、世話をするのはお母さんと言うことになる。お母さんは口癖のように

「おいしそうなコイだわ」

と言っている。お父さんの趣味でなかったら、鯉濃《こいこく》にされていたかもしれない。

大好きな縁側で吾輩はいつも定位置に屯《たむろ》していたんだが、それを見たお母さんが、板の間では寒いだろうと、毛糸の座布団を編んでくれた。座布団といっても四角い座布団ではない。ネコの顔の形をしていて、ちゃんと耳も付いている。この座布団が置かれてから、直接板の間に座らなくてもよくなったから、寒い冬でも寝そべっていられる。

ツメ研ぎも縁側でする。ツメ研ぎポールは長女がお年玉で買ってくれたんだ。下には板が付いていて、その板もツメ研ぎになっているし、板に立っているポールもツメ研ぎになっている。水平研ぎをするときは下の板で、垂直研ぎするときはポールを使う。ツメとぎの多く

は垂直研ぎだ。垂直の方が体重を乗せて研げるから効率が良いんだ。

「サンケ……——」

お母さんが呼んでいる。

「サンケ、お姉さんがお帰りよ、お見送りしなさい」

吾輩はお見送りが得意である。人間様を見送るときは、駆け足で駆けつけ、一生懸命ぶりをアピールしなくてはならない。さあ玄関まで駆けっこだ。お見送りの時は駆けっこしながら「ミャーミャー」と鳴き続けなくてはいけない。そうすると飼い主が喜んでくれるんだ。

玄関に着いたぞ。

「それじゃあ、サンケ、さようなら、また来るからね、いい子にしてるのよ」と頭を撫でてくれた。頭を撫でられるというのは悪い気はしない。頭を撫でられるときのこつは、撫でられるたびに頭を突き出して、もっと撫でてくれと催促することだ。これで相手は気をよくしてくれる。

ここまでが今日昼までの出来事だ。ネコ生活としてはあまりに凡庸であり、面白くないだろう。しかし凡庸なことが一番幸せなことだと思う、それは人間も宇宙人もネコも同じである。

ここからは現在進行形

さあっ、ここからは現在進行形の話だ。話はここからが面白くなる、いや面白くなるはずだ。「んーんっ」、面白くなればいいな。

庭の八重桜にカブトタムシが張り付いているのをみつけた。見に行こう。

縁側からヒョイと飛び降りると、一目散に駆けつけて八重桜の幹にしがみついた。しかし、どうもツメの引っ掛かりが悪くて滑ってしまう。数日前、長女にツメを切られたからだ。ツメを切られるたびにツメを研ぎ治さなくてはいけないが、まだ研ぎが足りなかったようだ。

ツメ切りは嫌いだ。しかし、ツメを切らせないで逃げ回ると、チュールをくれないのだ。チュールで誘われて、ついつい大人しくツメを切られるままに抱かれてしまう。ツメ切りの後のチュールは格別なのだ。

お母さんはズルイ。吾輩の大好きな長女に爪切りさせるのだ。長女はまだ十二歳の女の子で、手も柔らかく、何もかもがソフトだ。長女なら腕に抱かれても良いのだが、長男は嫌だ。長男は変な趣味があって、吾輩がオスであることのその証であるキ◯◯マを妙に撫で回したり、はたまた摘まんで引っ張ってゴムパッチンみたいに放したりする。痛いことこの上ない。それどころか、吾輩のキ◯◯マを口に含んで放さないときがあるんだ。キ◯◯マを口の中で転がすから、気持ち悪い。この長男だが、どうも変態趣味がある。もっとすごい変態趣味については後述する。

去勢されかかった

じつは吾輩は去勢されるとこだった。この家族は一体何を考えているのだろうか。十万匹に一匹という確率でしか生まれてこない三毛ネコの雄のキ◯◯マを切除しようとするなんて、動物愛護にも絶滅危惧種保存の趣旨にも反する行いだ。

本当にあの時は危なかった。長男が反対しなければキ◯◯マを抜かれるところだった。しかし今にして思うと、長男が猛反対した理由は吾輩のキ◯◯マを弄ぶためだったとしか考えられない。キ◯◯マに生えているうぶ毛が堪んないとかほざいていた。ほんとうに長男は変なんだ。

吾輩の飼い主はこれと言って取り柄のない、ありふれた家族である。住む家は郊外の一戸建てだ。敷地は三百坪もあり、庭付きである。元はお父さんの実家だったらしい。

この庭こそが吾輩の地球観察の現場である。地面には幾多の昆虫やミミズが這いずり回っているし、木にはお父さんが作ってくれたエサ台があるから、小鳥たちも訪ねてくる。庭にいる生物を観察するのも吾輩の仕事である。

それでは吾輩がネコを被った宇宙人であることについて詳しく説明しよう。みんな、ビックリするなよ！

なぜ地球にやってきたかって？

吾輩は好きで地球に来たわけではない。本当はこんな宇宙の僻地には来たくなかった。人間にはわからないだろうから、教えてあげるが、地球というのは宇宙で言えば、天の川銀河の一番隅っこに位置している。

実は天の川銀河自体が宇宙のある重心の周りを公転していて、宇宙の隅っこにある。太陽系とその中にある地球という惑星は宇宙の端っこの、そのまた端っこの、さらに隅っこにあると言うことだ。僻地のさらに僻地にあるのが地球なのだ。例えるなら、ナントカ村字《アザ》ナントカ、大字《オオアザ》ナントカ、「限界集落」みたいな住所なのだ。そんなド田舎に誰が引っ越したいものか。東京本庁勤務が、いきなり南洋の孤島である南鳥島測候所勤務を命じられるようなものだ。気象庁じゃあるまいし。

吾輩が地球に来る前に住んでいた宇宙母船だが（ここでは略して母船と呼ぶ）、その大きさは地球で言うとお月様ほどもある、太陽系で言えば、小さな惑星ぐらいの大きさかもしれない。それゆえ、我が母船は銀河を旅しながら、適当な恒星（太陽）を見つけると、その周りを惑星として公転している。今は地球がある太陽系に最も近い隣の恒星「プロキシマ・ケンタウリ」の周りを回っている。太陽系から四・二二光年先にある恒星である。光のスピードで四・二二年かかる距離だが、我々宇宙人はほぼ光速に近いスピードで移動できるから、母船内の時間経過としては一〜二週間という感覚である。

あらかじめ言っておかなくてはならないことがある。それは我々宇宙人には本来の肉体がないと言うことだ。肉体がないのに存在していると言うことは、霊魂として存在していると言うことだ。ただこの四次元宇宙では肉体に寄生しなくては何一つ作業を行えない。五次元宇宙であれば、肉体なしでも不自由はないのだが、四次元宇宙ではそうはいかない。

宇宙人には特技がある。宇宙人は霊魂であるが、ほかの動物の肉体に自由に入り込んだり、離脱したりできると言うことだ。四次元宇宙にのみ生きる動物は肉体が死滅しないと霊魂は幽体離脱《ゆうたいりだつ》できないし、離脱してからまた元の肉体に戻ることもできない。寄生していた肉体は幽体離脱と同時に死滅しているからだ。宇宙人は肉体を幽体離脱しても、またもとの肉体に戻ることができる。宇宙人が寄生した肉体は、霊魂が離脱しても死滅せず生体保存されるからだ。

実は我々宇宙人が母船内で寄生している宿主肉体は小型恐竜「ミクロラプトル」の一種である。その名を「ミニラプ」と呼び、体長一〜二メートルほどの小型恐竜である。この宿主肉体は地球時間で言えばジュラ紀末期の一億四千万年前に、現在の大陸分布では中国にあたる地域で捕獲された。小型恐竜であるが大変に手先が器用である。指は三本しかないが、内側に曲がるだけでなく、手の甲側に曲げることもできる。性質は普段は温厚である。ただし繁殖期はその繁殖本能の制御に難儀する。いくら宇宙人の霊魂が内部に巣くっていても繁殖本能までコントロールするのは至難の業である。

宇宙人はこのミニラプの本能制御に苦心してきたが、今回本能制御を諦め、宿主肉体を交代させることになった。哺乳類の中で最も進化している人間の肉体を獲得してクローン培養し、寄生先の宿主肉体とすることに決定したのだ。その事前調査のため、吾輩は地球に派遣され、サンケの肉体に寄生しているのだ。

ミニラプの繁殖本能が持つ欠陥とは？

オスのミニラプは繁殖期になると、自分のウンコをメスにプレゼントして病気のない健康なウンコであることをアピールする。メスはウンコの匂いを嗅いでオスの健康状態を確認し、気に入ると自分のウンコをひねり出して、オスに投げつける。これが「ＯＫよ」のサインとなる。しかし、メスが拒否すると、オスは怒ってメスにさらにウンコを投げつける。ウンコ攻撃を加えるわけだ。ウンコを打つけられたメスもメスで、反撃のため自分のウンコを投げ返す。メスというものは人もネコもミニラプもタガメも気が強いものなのだ。ミニラプの肩関節は人間の肩のようにクルクルと回すことができるから、何度も何度もクルクル回して、遠心力をつけてから投擲する。それゆえ、スピードもつくし、遠くへ飛ばせる。スピードガンで測ったところ、そのスピードは時速二百キロを越えていた。野球のピッチャーより速い球を投げつけるのだ。このウンコ投げという習性はおそらく中国で捕獲したことに起因すると考えられる。

繁殖期になると、ミニラプは一斉にウンコ合戦を始めるから、母船の中はウンコ臭に満たされ、所かまわずウンコが散乱、固着することになる。不衛生極まりない。疫病も発生し、ミニラプはバタバタと死に、その死体処理にほかのミニラプが動員され奔走する。その間ほかの生産活動もストップしてしまう。失ったミニラプのクローン肉体を再び生産して、疫病で肉体を失って宙を漂っている宇宙人の霊魂をクローンに収容しなくてはならない。そうしないと宇宙人はただ宙に浮いてるだけで、何一つ物理的な作業を行えないからだ。

実は吾輩も母船にいたころはミニラプの肉体に寄生していたが、地球への転勤命令が出たときに、愛用のミニラプ肉体を幽体離脱して、小型宇宙船に霊魂を移乗させ地球へ向かった。愛用だったミニラプ肉体は母船ないで生体保存されているはずだ。他の宇宙人霊体に乗っ取られないよう警護のミニラプが厳重に管理している。疫病が流行ってミニラプが大量死した後は、足りなくなったクローン肉体をめぐって争奪戦が始まる。寄生先のクローン（ミニラプ）を失って宙に彷徨う宇宙人霊体は宿主肉体を求めるからだ。

吾輩がミニラプ内に寄生していたころの経験では、たしかに繁殖期のミニラプの本能を押さえつけるのは困難だった。ミニラプの脳に繁殖行動を止めるよう命じても、ウンコ投げを止めようとしない、中国出身だから一度恨みを持つと、相手が謝罪しても賠償しても、恨むこと止めず、永遠に謝罪と賠償を求めてくる。

寄生宿主動物の本能までコントロールすることは宇宙人をもってしても困難なのである。そのため繁殖期の「ウンコ投げ合戦」という特有の習性まで奪い去ることはできない。これが繁殖期を持つミニラプの欠点である。

繁殖期を持つ生き物は繁殖の季節になると本能が強烈に出過ぎて、我々宇宙人の科学を持ってしても制御は困難である。人間は特定の繁殖期を持たないから、宇宙人は寄生先宿主として人間を求めるのである。

なぜネコでなくてはいけないのか

なぜネコでなければいけないのかというと、それにも訳がある。将来、母船内での寄生先となる人間の肉体獲得のためには人間の習性・行動をあらかじめ調査しなくてはならない。そのためには常に人間の身近に寄り添っていなくてはならない。寄り添うために最適なのが人間にとって最も身近なペットであるネコという存在だ。

ネコの中でもさらに適しているのが希少種である三毛のオスである。ただの三毛ネコなら珍しくないが、三毛ネコオスは十万匹に一匹という希少さゆえ、皆から大事にされるという特典がある。その結果、宇宙人は三毛ネコオスに霊魂だけ寄生してネコ肉体を乗っ取ることにした。

太陽系引越計画

遙か彼方にある母船とはいつも連絡を取り合っている。我々宇宙人はテレパシーで交信できる。テレパシーというのは瞬時に届く。光は電磁波の一種であるから運動量を持ち、伝達速度に限界があるが、テレパシーは電磁波ではなく霊波であるから運動量を持たず、五次元宇宙を経由して伝わる。五次元宇宙では時間軸の移動が自由にできるから、空間と時間の両方を同時に歪めることができる。

詳しく言えば、速度というものは距離／時間で表されるが、この式は四次元であり、時間軸は過去から未来へしか流れない現行宇宙でしか通用しない。五次元宇宙では時間軸は過去から未来だけでなく、未来から過去へも移動できるし、隣の時間軸への移動も可能となる。要するに時間というものはなきに等しいということだ。

我々宇宙人は寄生肉体として人間を利用しようと考えていることは前述した。人間の肉体を利用しようとすれば、その自然環境は地球と同じであることが必要となるわけだから、地球を乗っ取って人間に憑依して暮らせば良いのだが、問題は自然災害だ。地球は地震、噴火、津波、台風、竜巻などの自然災害が多く、母船内で温室のような安易な暮らしに慣れきってしまった宇宙人が、人間の体を乗っ取り地球に住むのは難しいのだ。そこで考えられたのが母船を地球軌道に持ってきて、人間肉体に適した環境を確保することだ。地球軌道であれば宿主人間は何の問題もなく生きていくことができるし、地球から人間を拉致してきて宿主に利用することも可能となる。

今まで宿主に使ってきたミニラプの肉体は、新たな人型型宿主の餌に使えば良い。「ウンコ投げ恐竜」にはおさらばするということだ。

具体的な軌道座標は地球から見て太陽のちょうど裏側が良いとされているが、いっそのこと月の地球周回軌道の月から見て反対側の座標が良いという考えもある。この場合、地球上では潮の干満は日に二回づつ合計四回になる。満潮と干潮が一日二回づつ来るから、海の生き物は慌ただしく生きなくてはならなくなるため、生態系への影響が大きくなる。また地球生態系への悪影響を防ぐために、地球から見て月の裏側から離れた定位置に母船の座標を固定するという方法も考えられている。

地球の近くに母船を持ってきたら地球人に見つかるはずだと思うだろうが、それがそうではない。

母船と連絡用宇宙船（空飛ぶ円盤）を光やレーダー波で照らしても、その存在を確認することはできない。我々宇宙人は光やそのほかの電磁波を吸収するステルス技術を持っているから、光も電波も反射しないのだ、また自らの姿を透明化する技術も持っているから、物理的に「ゴッチン」と衝突しない限り、その存在を知られることはない。

まあこんなところが我々宇宙人が考えている太陽系引越計画だ。

吾輩の日常

さてウンチクはここまでにして、吾輩の日常へ戻ろう。

今日は天気も穏やかで、ぽかぽかと暖かい。こんな日は縁側に香箱座りしたり、寝そべったり、仰向けになって伸びをしたり、何かに顎乗せしたりして過ごす。もちろん仰向けになっての背中グリグリも忘れない。家の子供たちはみんな学校に行っていないから、子供たちに追い回されることもない。長男の変態趣味に付き合わされることもない。

ここの家はちょっとした高台に有り、近所の家を見下ろすことができる。前の通りを幼稚園の子供たちが手を繋いで過ぎていく。可愛い声が響いている。縁側の床が日光に暖められてほんのりと暖かい。

眠い、ああーっ寝落ちしそうだ。園児たちの声が遠ざかっていく。アレッ！　いい匂いがしてきた。花の香りだ、庭に咲き乱れているバラの花だ。チューリップもまだ咲いているし、遅咲きの八重桜も花びらをまだ残している。花の周りには蜜を吸おうと蝶が舞い、その間隙をぬってミツバチが忙しそうに郵便配達人のように花々を訪ね歩いている。

ブーンという音が聞こえたと思ったらピタッと止まった。鼻先がむず痒い。これはまずいぞ、蜂が吾輩の赤い鼻先に停まって蠢いている。刺されたら大事だ、吾輩の顔がソフトボールみたいに膨れてしまう。こういう時は動かずにじっとしているに限る。動くと蜂がビックリして刺していく。以前刺されたことがあって、吾輩の頭全体がソフトボールみたいに腫れ上がって、近所のネコ町内会で笑いものにされた。あのとき吾輩のことを心配してくれたのは、隣家に住むネコ種ラグドールの色白メスの「モモちゃん」だけだった。「モモちゃん」は吾輩の鼻先を、それはそれは丁寧に舐めてくれ、ハチ毒を減らしてくれたんだ。ほかのネコは吾輩を笑いものにするだけで誰も悲しんでなどくれなかった。

ホモネコ町内会とヨースケのモーホー転落

本当にこの町のネコ町内会は意地悪である。なぜ意地悪かというと、ネコの町内会も人間の町内会と同じようにオスが仕切っているのだが、そのオスの役員たちであるが、なぜか皆ホモ助オカマ・ネコで、互いにホモネコ兄弟なのだ。まるで札幌市南区の某町内会のようであるが、おもに屯しているのは中島公園の北側、カモカモ川沿にある居酒屋「マルヤ」付近である。なぜ屯しているかというと、マルヤの女の子がネコ好きで、店主の目を盗んで食べ物をくれるからだ。

ネコ町内会長の名は「ジャーニ汚皮《キタガワ》」。通称を「ホモ・ゲイ・オカマ・ネコ・ジャニー大元帥」と呼ばれ、肩書きほどの権限を持っている。自分は立ち役で、店主に内緒でネコ役のネコは選び放題だ。ネコ役のネコというのもおかしな話だが、近所の川原に住むキジトラ雑種のオスネコ「ヨースケ」なんか、ホモネコ・ジャニー大元帥から「ネコ役はオマエだ」とのネコ役命令が下ったとき、

「ネコ役と言いますが、オイラはもともとよりネコですよ、何言ってるのですか?」

と応え、ホモ助オカマネコ世界の「立ち役とネコ役」という言葉の意味がわかっていないという無学無教養ぶりを曝け出したのであった。ホモネコ・ジャニー大元帥大魔神はキジトラ柄のネコが大好きなのだ。

最初は「イヤダ・イヤダ」と抵抗していたヨースケだが、ネコ町内会役員たちに押さえ込まれて、ネコ役の何たるかを知らされたとき、ヨースケの眼からは目ヤニと一緒に涙がこぼれ落ち、耳も垂れ落ち、食欲も無くなり、尻尾は沈黙したまま、動かなくなった。

ヨースケが「ネコ役」に引っ立てられたのには訳がある。ネコは番《つが》いにならず夫婦《めおと》を形成しない生き物である。それゆえ、ネコのオスは特定のメスを従えず、やり捨てゴメン、メス

ネコ使い捨て、メスネコを渡り歩くという一見プレボーイのような一生を送る。しかし浮草のような、渡世人のようなオスネコ人生、いや猫生《びょうせい》に「サヨナラ」をしたネコが現れた。それがヨースケなのだ。

ヨースケは特定のメスネコ「茶白のルミ」を妻として従え、浮気はせず、川原の古びて、ヒビの入ったレンガ色の土管に定住し、あくまでも「渡世人」として生きるというオスネコ社会の掟を破ってしまったのだ。しかも掟破りだけではなく、ヨースケはその掟破りをほかのオスネコにも勧めていた。渡世人をやめて、家族を持って定住しようと勧めていたのだ。

この掟破りを快く思っていなかったのがホモネコ・ジャニー大元帥閣下だった。掟を頑なに守ることがホモネコ・ジャニー大元帥の権威であり、掟を他のオスネコに強要することこそホモネコ・ジャニー大元帥の権力の源だったのだ。なのにヨースケは美人妻ネコ「ルミ」を娶《めと》り、家庭持ちであることをあたりに自慢していた。その自慢は日を追うごとに酷くなり、周りのオスネコを見下すような言動が目立つようになっていた。その傾向は子ネコが生まれてからますます強くなり、子ネコ自慢をするようになっていた。

ホモネコ・ジャニー大元帥は幸せそうなヨースケを妬んでいた。いつもはホモ助大王・ジャニー大元帥ネコとして、しょうもないオッサンホモネコに囲まれて生きているホモ助ジャニー大元帥にすれば、まるでヨースケのいたってノーマルな生き様そのものがホモ助・大王元帥・大権現・大魔神・ジャニー閣下様の権威を否定しているのである。そこで、元帥閣下はヨースケをモーホー（ホモ）化することを企んだ。ヨースケをホモ化すると同時に、あわよくば、その家庭をも破壊しようというのである。そして計画的集団ホモ強姦に及んだというわけだ。しかも輪姦《まわ》されたようだ。

ヨースケにすれば野良とは言え、妻も子もある身であるにもかかわらず、「ネコ役」に引っ立てられ、しかも野良ネコオスどもに輪姦《まわ》されたとは、情けなさ過ぎて、穴があったら入りたいほど恥ずかしかったであろう。もっともヨースケのネコ小屋そのものが土管という穴なのだが。

ヨースケの家庭が崩壊したとネコ伝《づて》に聞こえてきたのは、その後しばらく経ってからであった。夫がホモネコデビューしてしまったことを知った、妻ネコの「ルミ」が夫ネコの行く末を見限るのは当然で、子ネコたちを連れて土管を出て行ったそうだ。

ヨースケ自身が将来を悲観したのであろう、土管のある川原から入水を試みるヨースケの姿が見られるようになったのは必然であったかもしれない。

何度飛び込んでも、ネコの本能なのか、岸に戻ってくる。入水しても泳ぎが得意だから、ネコ掻きで本能的に岸に戻ってきてしまう。そりゃそうだ、動物で自殺するのは人間だけであって、その他の動物は自殺することはない。頭が悪すぎて自殺にまで自分を追い込むことがないからだ。もっとも、人間界にもそのような人物は散見されるのだが。

ネコの場合、身体能力が高すぎるため、自殺は不可能である。首をくくろうにも手の構造からして、縄を結べない。たとえ縄にぶら下がっても、体重が軽すぎて頸椎を損傷することはない。建物から飛び降りても、平衡感覚が鋭いから、体を一転《いってん》するだけで四つん這い姿勢になり、空中で手足を広げることにより、空気抵抗を増やし、落下速度を減速できる。着地は四脚を踏ん張り、四脚を同時に接地させることにより足腰への衝撃をやわらげることができる。もともと体重が軽いし、その軽い体重に対して四足の筋肉も関節も強靱にできているから、オッサンのように酔っ払って平衡感覚でも失わない限り、転落によって死ぬことはほとんどない。

首つりでも死ねず、飛び降りでも死ねないとなったら、他に手段はあるのだろうか、あるとすれば線路に飛び込むか、車に飛び込むかだろうが、しかし、これらの手段もネコの持つ俊敏な運動神経と命根性の卑しさが災いし、咄嗟の反射神経で意識とは裏腹に肉体が回避行動を取ってしまうから、やはり死ねない。

そのうちヨースケは死ぬことを諦めたようだ。死んだからと行って、逃げた妻ネコと子ネコが戻ってくるわけではない。川原に転がる古びたレンガ色の土管の中で妻ネコと子ネコとの楽しかった日々を思い起こす毎日である。

何度も何度も土管入り口の割れ目を舐めている。何度も何度も舐め回している。割れ目を見てみよう。その割れ目にはネコの毛がこびりついている。妻ネコの「ルミ」と子ネコが、土管に出入りするたびに擦りつけてしまったネコ毛である。こびりついたネコ毛を舐めては、空《くう》を見つめ涙を流す。あふれ出た涙が頬を伝い地面に滴り落ちることはない。頬に生えたキジトラ柄の頬毛が涙を全部吸い取ってしまうからだ。そして頬毛は涙で満たされ、川向こうに沈もうとする落日からの入射光が照り返し、ヨースケの頬は朱色《しゅしょく》に濡れた。

ヨースケはただの独身ホモ・オカマ・オヤジ・ネコへと転落したのである。妻子を失ってしまったいま、ヨースケはホモ・ネコ・ジャニー元帥大魔王閣下様の「オンリー」として日々を暮らしている。

以上が、ヨースケのホモ助転落への顛末である。こういうオスは人間世界にもいるのかもしれない。たしかに南区町内会にはいるらしい。

吾輩のキ○○マはなぜか狙われる

吾輩のキ○○マは前述の通り去勢という脅威に曝されているだけではない。近所の野良ネコからも狙われている。

池のコイ夫婦を狙って庭に侵入してきた黒い野良ネコを追い払ったときのことだ。池の縁からコイをツメに引っかけようと手を出しているから、追い払おうと突進して体当たりしてやった。黒ネコは仰けぞったが、すぐに体制を立て直し、吾輩の頭にネコパンチ喰らわしてきた、ヤツのパンチは目に見えるほど遅かったから、すべて外して、カウンター狙いでこっちもネコパンチを繰り出したら、ヤツはネコパンチを受け流すと、吾輩の後ろに回ってキ◯◯マにガブリと噛みつきやがった。痛いのなんのって、地球に移住してから最大の痛みだった。あの野良ネコだが、耳が反り返っていたから、恐らくアメリカン・カールの雑種だろう。アメリカンカールは捨てネコが多い、耳の内側がいつも露出していてキモいから、ペットショップで売れ残るし、買われても飼い主が捨ててしまうケースが多い。だから、アメリカンカール系の野良ネコはけっこう多いのである。

なんとかキ◯◯マへの噛みつきを解いて、めくれた耳に噛みついてやったら、ネコなのにニワトリのように「キーキー」と鳴いて逃げて行きやがった。あとで判明したことだが、この野良ネコは隣の町内会に屯《たむろ》するネコで、その名を「ニャンタマ」という。ニャンタマは隣の町内でゴミステーションをあさるのが日課で、生ゴミをカラスと奪い合っていたそうだが、そのうちカラスのほうがゴミより美味しいことに気がつき、カラスハンターに変貌したそうだ。そりゃぁあ、生ゴミよりも生肉のほうが美味しいだろう。

生肉の味を覚えたニャンタマは、今度はほかの生き物も狙うようになり、雀、カモなど鳥類をはじめ、トイプードルやチワワなどの小型犬まで手当たり次第に襲うようになったそうだ。

ニャンタマの得意技は、樹上からのダイブ攻撃だ。樹の上で待ち伏せて、カラスが下を通ったら飛びかかる戦法だ。カラスだけを退治しているなら人間も喜んでいたのだが、町人《まちびと》が飼っているペット犬まで襲うから、今では街の厄介者となっている。

ニャンタマを追っ払ったあと、池の中を覗いたら、二匹のコイが寄ってきて口をパクパクさせていた。「ありがとう」と言っているのだ、その返しに、指先の肉球で優しくコイの頭を撫で撫でしてあげた。

ネコの肉球を好むのは人間だけではない、コイもネコの肉球が大好きだ。なぜだかわからぬが頭のウロコを肉球で撫でられると気持ちが良いらしい。

金色のコイは旦那さんで、真っ白なコイは奥様なんだ。吾輩が池の縁に来ると夫婦は底の巣穴から出てきてくれる。時々カルカンを咥えてきて夫婦にあげるのだが、いつも食べてるコイ餌とは違うおいしさがあるようだ。パクパクと美味しそうに食べる。このコイ夫婦は吾輩の大切な友人だ。

それにしても、なぜ野良ネコは吾輩のキ◯◯マを狙うのだろうか。奴らは噛むだけではなく、食い千切ろうとするんだ。なんでネコに去勢されなくてはならないのか。ネコがネコのキ◯◯マを手に入れてどうしようというのだろうか？　まったく理解できない。もしかして嫉妬だろうか？　そうだ、そうに違いない。吾輩が三毛のオスであること、その事実が奴らのシャクに障るのだ。それでオスのシンボルを攻撃してくる。

下衆なる野良ネコは嫉妬深い

野良ネコの嫉妬ネタはほかにもある。それは吾輩が家ネコという高い身分にいることである。家ネコと野良ネコではその身分には天地の差がある。働かないと食べていけないか、働かなくても食べていけるかの違いである。野良ネコは自分で餌を確保しなくてはならない一方で、家ネコは働かなくても餌をもらえる。これを人間社会に譬えるなら、「平民、ドン百姓、田吾作、抜け作、水飲み百姓、農奴、下人、ブタ助、タコ、民草、乞食、ホームレス、プロレタリアート、場末のスナックママ、立ちんぼ女、共産主義者」と「貴族、お公家様、ブルジョアジー、良家の子女、銀座のクラブママ、資本家」くらいの身分差があるのだ。

人間社会でもそうであるように、貧しく、才能に乏しく、身分の低い者は富と才能に恵まれた高位身分者にたいし嫉妬心を抱く。野良ネコも同様に家ネコに対し嫉妬心を抱くのだ。

野良ネコは上流階級に住む家ネコである吾輩を嫉妬しているのである。情けない奴らだ。嫉妬して、僻み、妬み、やっかんでいる暇があったら、自己研鑽に励むべきなのだが、こういう根っからの下人は努力するという才能にも劣るから、いつまで経っても下衆《げす》のままだ。

家ネコはこのように野良ネコから妬まれるのが必定だが、隣家の家ネコであるラグドールのメス美ネコである「モモちゃん」は違う。「モモちゃん」は「めんこい」から野良ネコも家ネコも身分に関わりなく皆大好きなんだ、繁殖期になると、オスの野良ネコどもは用もないのに「モモちゃん」っちの庭に屯する。全員ポ◯◯ンを中学生の男の子のようにしていることは間違いない。

長女の帰宅

「ただいまぁーあっ」

玄関に少女の明るく透き通った声が響いた。あっ、長女が学校から帰ってきた。縁側にゴロゴロしていれば、長女はランドセルを自分の部屋に置いたあと、いつものように吾輩を抱っこするため縁側に駆けてくるはずだ。さあ心の準備をして長女さまの登場を待とう。

陽はうららかに降り注ぎ、縁側のフローリングを暖めている。暖めているのは床板だけではない。庭の地面も暖められてホカホカと湯気が立ち上がっている。こんな景色は吾輩の母船では見ることはできない。

母船内で水は貴重品だから、地面に水をまくことなどありえない。第一船内には土がない。食料はすべて工場で作られるから、土壌を必要としないのだ。母船は余分な質量を削らなくてはならない。宇宙空間を高速で移動するには質量をなるべく減らさなくてはいけないからだ。

地球に来てネコの体を乗っ取って最初に母船に報告したことが、土の存在だ。テレパシーで連絡したが、受け手の宇宙人は土など見たことないから、把握させるのに難儀したことを覚えている。前述したが、ミニラプを捕獲した一億四千万年前、当時の宇宙人が土壌調査をしたはずなのだが、記録を紛失したため、今の宇宙人は土壌の存在を知らないのだ。それと、知らないと言えば、ミニラプ肉体に取り憑く前はどんな生き物に取り付いていたのかについても不明である。記録がないのだ。まさか大切な筈の先祖の履歴を紛失するとは、宇宙人とはけっこう間抜けている。だいいち肉体宿主をあの中国で採集すること自体が間抜けている。永遠に謝罪と賠償を求められ続けるのに決まっているではないか。パチモン、バッタ品しか作れないのは中国の特質で今も昔もかわらない。

あまり人間様を馬鹿にはできないというのが宇宙人である。

ホモネコ町内会

あれっ、長女が遊びに来ないのだが、どうしたのだろう。いつもは吾輩を抱きすくめてホッペにキスをしてくれるのだが。今日はどうしたのだろう。どうしよう、こちらから長女の部屋へ押しかけようか。だが、ちょっと待て、庭のイボタの下で何かが蠢いているぞ。目を凝らしてみる。ホモネコ役のヨースケとネコ町内会長のホモネコ・ジャニー大元帥・大魔神閣下が二匹で蠢いている。ホモネコ同士が蠢いているのだ。こいつら一体何してるのだ？　よし見に行こう。

「ホモってる」

こいつら吾輩の神聖なる庭でホモってるのだ。ホモネコのヨースケもネコ役のネコであることをやっと自覚できたようだ。

「よがってる」

オスなのによがり声を出して、こいつら恥ずかしくないのか。あれっ、身を仰《の》け反《ぞら》してよがってる。ヨースケの奴、ちゃんとホモスケネコのネコ役をこなしている。立ち役のブチ柄元帥ネコはネコなのに二足で立ち上がり、よがるヨースケを責め立て、自身も雄叫びを上げようとしている。クライマックスを迎えようとしているのだ。今だ、飛びかかるなら今だ。クライマックスが一番無防備になるからだ。

「ギャオッツ、ガツン」

左右のネコパンチから、耳囓り、足蹴りを喰らわすと、「ぎよろっと」目をむいてホモ助ジャニー大元帥ネコはネコ役のヨースケをおいて遁走した。

実はホモネコ大魔王ジャニー大元帥大権現閣下は喧嘩に強いわけではない。体格は痩せぎすで、ネコとしては腕力が弱い。なのに、なぜ番をはっていられれのかというと、それには訳がある。

近所の一人暮らしの寂しいバアさんが、ホモネコ元帥にマタタビを持ってくるのだ。その量は元帥の手下どもに分け与えるのに十分な量で、そのマタタビを手下のホモネコに分け与えることにより、その権勢を維持しているのだ。

さらに、これは内緒であり、大きな声では言えないのだが、じつは、奴はもう一つ強力な

手段をもっている、それは何かというと、それは「何かと言うと……を……う」。

それはご立派な……それは……りっ……ぱーな「イ・チ・モ・ツ」である。

それはそれは神々しいほどの肉棒で、とてもネコのそれとは思えないほどの逞しさだ、まるで「信楽焼の狸のイチモツのようだ」と評判である。奴はホモ舎弟ネコどもにマタタビで決めさせてから行為に及ぶ。それがホモスケネコどもにはたまらないほどの悦楽を与えるらしい。

人間社会に喩えるなら、これはいわゆる「竿管理《さおかんり》」である。「お水」の世界にはよくある管理手法で、店の女の子を他店に引き抜かれないよう、店の店長またはマネージャーが女の子をセックス中毒にさせて繋ぎ止める手法である。一見男冥利に尽きるかのような錯覚を与えるが、この役を仰せつかった店長は半年もすると顔はやつれ、目の下にクマを作りながら勤務することになる。所属する女の子が多いほど、その傾向は強く、とくにシングルマザーの稼ぎの場となっているニュークラ（バッテン・クラブ）などでは店長の離職が相次ぐことになる。経産婦の性的欲求は斯様に強烈だと言うことだ。

もうひとつ店長が逃げ出す理由がある。最初の頃は店長も我慢できているのだが、それが相次ぐとなると話は変わる。それとは「決して好みとはいえない女性の相手もしなくてはならない」ということだ。中には異様な性癖の持ち主で、それが原因で離婚されたバツイチ主婦もいる。それゆえ、店長は逃げ出したくなるのである。とくにゆとり教育で育った店長にはこらえ性がない。

さて話を戻そう。

吾輩の足技手技、頭突きに圧倒され、一目散に遁走したホモネコジャニー大元帥大魔神大権現閣下は向かいの家の庭へ逃げ込んでいった。痩せぎすで体重が軽いから足は速いのだ。

一人、いや一匹残されたヨースケは「キョトン」としていて、いったい何が起きたのかを理解できていない。その証拠に吾輩の姿、すなわち、背を丸めていきり立ち、イカ耳姿で戦闘態勢となっている吾輩を見ても、恍惚の表情を崩さず、お色気よろしく流し目を流し込んでくる。ちなみに男の色目遣いほど気色悪いものはない。ババーの色目遣いも気色悪いが、オスのそれは婆さん以上のものがある。キモーい、キモーい、ヨースケはキモーい。格別にキモーイ。

ホモ助のノーマルオスへのいい寄り、色目使いはノーマルオスに気色悪い不快感を与える以上、セクハラの一種と考えられる。それゆえ法律を持って禁止すべきである。ホモ誘惑禁止法案の成立が望まれるゆえんである。

あれっ、ヨースケのヤツ、今度は吾輩に尻を向けて来た、こいつホモネコ元帥に命じられて、仕方なく「ネコ役」してるのかと思っていたら、心底ネコ役のネコになりきってしまったようだ。悲しいかな、ヨースケはもうモノホンのオカマになってしまった、真性のオカマでホモなのだ。妻ネコ「ルミ」も逃げていくはずだ。

ホモネコジャニー大元帥に爆撃されたヨースケのケツは惨たらしく変形し、血を滲ませながら異臭を放っている。以前は妻子持ちで、妻ネコ「ルミ」にケツを舐めてもらっていたから、すっきりとした尻景色をヨースケは持っていたのだが、ホモネコ元帥様のモーホー爆撃により、いまは凄まじい様相を呈している。爆撃痕というやつだ。まるでクラスター爆弾に爆撃されたあとのようだ。

自分が何をしているのかまだわかっていないヨースケに、現実をわからせてあげるため、その顔面にネコパンチを左右合わせて五発繰り出した。ヨースケは我に返った。そして、

「いやだあー、ジャニー元帥様ではなくて、なんでサンケネコ、アンタがそこにいるのよー」

とややハスキーだが心持ち甲高いオカマ音声とオカマ言葉で言い寄ってくる。

「吾輩の神聖なる庭で穢らわしいことするんじゃない、テメー殺すぞ！」

と怒鳴りつけると、

「アタイだって、好きでオカマをしてるのじゃないのよ。それをなによ、アンタに野良ネコの気持ちなどわかるものですか、家ネコのサンケネコになんかわかるはずないのよ、無理矢理、カマ掘られて、しかも輪姦《まわ》されて、オカマにされてしまって、妻ネコに逃げられたオカマネコの気持ちなどわかるはずないわ」

そして、花壇の木枠に背をもたせ、オッサン座り（スコ座り）をすると、メソメソと泣き始めた。したたり落ちる涙を、ネコ手で拭っている。頬の毛も、手の内側の毛も肉球も涙に

ぐっしょりと濡れている。

そのヨースケに吾輩はたたみかける。

「ヨースケ、オレはオレの庭では汚らわしいことをするなと言っている、するなら、余所ですれと言っているんだ、わからないか？」

するとヨースケは
「ジャニー元帥さまはイボタの下でするのが好きなのよ」

「余所のイボタですれよ」

「五月蝿いわね、ジャニー元帥様には逆らえないのよ」

「今度ここでやったら、本当に殺すからな、ヨースケ、覚えておけよ」

最後の「覚えておけよ！」はドスのきいたネコ声で凄んでやったのだが、すると、

「コラッ、サンケネコ、テメー温和しくしてれば調子に乗りやがって、俺たち野良ネコはなー、どこでウンコしようと、ションベンしようと、◯◯しようと勝手なんだよ、いちいち五月蝿いんだよ」

あたかもオッサンネコであるかのように怒声が響いた。そして、続く。

「誰が好き好んで、オカマなどするものか、オレはオカマの振りをしているだけだ。オレはノンケのオカマネコで真性じゃない。生きるために仕方なくオカマネコの振りをしているだけだ。オレはオカマじゃない。ノンケのネコだ」

一瞬の間を置いて、

「ファッツ、ファッツ、ファッツ、ファニャー、ファニャーッツ」

とオッサン座りのまま雄叫びをあげた。

何じゃこれは？　どうしたヨースケ？　壊れたのか？

「ノンケだかホンケだか知らないが、ここで◯◯はヤメロ」

「アラッ、はしたないわ、乱暴な言葉をつかってしまって、ごめんなさい。それじゃあ、きょうはこれで失礼するわ」

どうした？　オカマ言葉に戻って、その所作もオカマに戻っている
ヨースケはオッサン座りを止めると、背中で地面に仰向けに寝そべり、背中グルグルークネクネと雌ネコが発情期にする仕草をして、色目使いで吾輩に色目を流し込むと、ソソクサと、かつ気恥ずかしそうに腰をクネクネさせて我が家の斜め向かいにある公園のほうへ去って行った。なぜかその尻にはイボタの小枝が刺さったままだったし、ケツからは血が滴り、地面には赤い点々がヨースケネコのあとをついていく。変わった趣味のホモネコカップルであった。

縁側に戻る

縁側に戻ろう。帰宅した長女が駆けつけてきて吾輩を抱きすくめてくれるはずだ。ゴロ鳴きの練習をしておこう。ゴロ鳴きすると、顎の下をコチョコチョしてくれ、もっと気持ちよくしてくれるんだ。横に寝そべって喉をゴロゴロ鳴らしてみる。

「ゴロゴロゴロロー」

うーん、調子はいまいちだ。今度は香箱座りで、

「ゴロゴロゴロロン」

やはり香箱座りはゴロ泣きには向かない。喉が開きすぎるからだ。それならいっそのこと仰向けに、

「ゴゴゴニッャー」

声が出ない。さっきホモネコカップルと喧嘩したから、声が枯れてしまったようだ。まったく迷惑な奴らだ。困った、どうしよう長女の腕に抱きすくめられても甘えられないではないか。

「あーやだ、やだ、ゴロゴロ声が出ないのは嫌じゃ」といじけていると、足音が聞こえてきた。

〈来たっ、来たつ、長女が来たぞ〉

知らない振りして、いい子の振りして、抱き上げられるのを待とう。

あれっ、何かが尻を突いてるぞ、長女はそんなことしない、変だな、誰だろうと振り向くと、ヤバい、これはヤバい、長男が立っているではないか。

「こっ、こっ、こいつ、いつ学校から帰って来たんだ」

しかも手には金属バットを握りしめている。バットの先で「起きろと！」とばかりに吾輩の尻尾を突いていたのだ。

バットの先で吾輩を何度も押す。さっきのホモネコカップルといい変態長男といい、今日は変な奴ヤツばかり現れる。

実は先日、道ばたに落ちていた布切れを拾ってきた。別にその布切れに特段の興味があったわけではない。ただその布切れを、お母さんが吾輩のために作ってくれた猫の座布団の上に敷いて敷布にしようと思ったからだ。敷布を敷けば、座布団を汚さずにすむ。

しかし、それはただの布切れではなくて、長男にとってはこの上なく大切なものであったようだ。ヤツはその布切れを吾輩から盗んで、自分の部屋に持って帰り、頭から被り、恍惚に浸っていたではないか。聞くところによると、その布切れは人間の女性が身につけるもので、「パンティー（パンツとも呼ぶ）」というものらしい。長男は「パンティーコレクター」だったのだ。聞くところによると、パンティーコレクターとは変質者の一種らしい。

吾輩が拾ってきたパンティーを横取りして悦に入った長男はご褒美なのだろうか、お母さんに内緒でチュールを三本もくれたんだ。

バットで吾輩の尻を突いている長男は吾輩が中身宇宙人で、長男の意思をテレパシーを使って読み取れていることを知らない。

長男はパンツを欲しがっている。コレクターだから何枚も集めたいのだ。

ここで素直にパンツ取りに出かけると、吾輩はテレパシー受信で人間の意思を読み取る能力があることがバレてしまい、このあと何度も何度もこき使われることになるから、ここはシラを切り通そう。

とりあえず縁側から離れよう。ホイッと庭に降りた。これで長男から離れることができる。振り向くと長男も降りてきて吾輩を追いかけてきている。これはまずい、逃げよう、イボタ垣根の下に逃げた。長男は諦めて縁側に戻っていった。

アイドルネコ――モモちゃんのテラス

イボタ垣根をくぐり抜けると、隣家の庭に出る。隣家とはラグドールの「モモちゃん」の家である。そうだ「モモちゃん」を見に行こう。しばらく見てないし。今日は外に出ているかな。

ラグドールの「モモちゃん」は近所の家ネコと野良ネコ共通のアイドルである。とくに前足をグーンと伸ばしながらお尻を高く突き上げ、背中を反らす伸びの姿勢は愁眉である。セクシーであることこの上ない。

ネコの繁殖期になると、野良ネコも家ネコもオスというオスはすべて「モモちゃん」の庭に押し寄せてくる。まるで浜に押し寄せる春ニシンのように押し寄せてくる。オス猫たちはテラスを見上げて「モモちゃん」の「前足仰け反り伸び」を見るために、できることなら、「モモちゃん」と繁殖できることを夢見て集まってくる。はかない夢である。

ラグドール純血種で血統書つきの「モモちゃん」はその繁殖について厳重に管理されており、野良ネコと交尾することなどありえないのだが、オスの野良ネコにそれを理解させるのは困難である。理解するための知恵を備えていないからだ。人間社会にたとえるなら、まるで地下アイドルに群がる、うだつの上がらぬオッサンたちのようだ。地下アイドルなら、金《きん》子《す》を弾めば、一回ぐらいは交尾させてもらえるかもしれないが、「モモちゃん」の場合は不可能である。なにせ血統書つきだから。

「モモちゃん」の家は町内いちの豪邸で、庭も広いし、その庭も、我が家とは異なり、管理をプロの庭師に委託しているからお美しいことこの上ない。飼い主は国際線のパイロットである。民間航空会社のＡＭＡのエリートパイロットだ。政治家のコネでパイロットが採用された旧ＺＡＬのパイロットとは違い、腕は確かだ。コネ採用ではないからだ。旧ＺＡＬのパイロットのように、同じ空港の同じ滑走路なのに、毎回、着陸時の接地点がバラバラであるなどということはないし、接地時のショックも穏やかだ。もちろん逆噴射はない。そこが旧ＺＡＬのパイロットとは異なる。奥様もＡＭＡの出身で元キャビンアテンダントで美人である。女性にしては背が高く、体の半分が脚で、モデル体型である。もちろん旦那さんもイケメンで背が高い。子供は二人で、両方とも男の子、大学生と中学生だ。上の子は名門私立大学、下の子は名門中学だ。もうひとり、お婆ちゃんがいる。お婆ちゃんは地元の名家の出身で大変気品に満ちている。話し方も、ファッションも気品に満ちている。

毛並みのいい家庭に相応しいのは、毛並みの良いネコである。それが長毛白毛で、品格を備えたラグドールである。

吾輩の飼い主はというと、お父さんが宅配便の運転手で、休日は時々タクシーの運転手。お母さんは専業主婦だが、それはお母さんが望んでいるのではなくて、お父さんが望んだからだ。お父さんは子供のために妻は専業主婦でいて欲しいと考えている。だからお父さんは一生懸命に働き、収入を生活費と家のローン返済に充てている。見てくれはその辺の中肉中背のオッサンと同じだ。お母さんはいつも家にいるから、おかげで吾輩は寂しい思いをすることはない。長女が学校へ行ったあとも、寂しくなったら、お母さんとこへ行って、横になったり、戯れついたりできる。

子供は二人で十七歳の長男と十二歳の長女だ。お母さんと長女はよく似ていて、まあまあ美人だが、飛び抜けてと言うほどではない。長男はお父さん似であるから、はっきり言って不細工である。ブ男でデブで変態、これが長男である。

ネコにも飼い主ガチャというものがある。はっきり言って我が飼い主は「モモちゃん」の飼い主に較べると見劣りする。世間の常識では外れガチャである。ただし、宇宙人である吾輩がこの家庭を滞在先に選んだ理由を考えれば、けっして外れガチャではない。地球での人間観察のためには最も平均的な家庭に住み込むことが重要なのだ。

さて話を戻そう。

「モモちゃん」が外に出ているとすれば、二階のテラスであり余る気品をなびかせながら、スクッとエジプト座りしているはずだが、見当たらない。日差しの良い日は必ずテラスにオッチャンコしているのだが、今日は家に籠もっているようだ。

まてよ、そのテラスなのだが、物干し竿にヒラヒラと布がゆっくりと風にゆれている。今日は弱い風がふいている。あのヒラヒラしているのは、もしかして、長男が大好きなパンティーではないのか?

そうだ、あれはパンティーだ。あれを持って帰れば、チュールをもらえるぞ。よし、あのパンティーを戴こう。

二階のテラスへ上るのはそんなに難しくない。雨樋のパイプをよじ登ぼれば良いだけだ。雨樋パイプを壁に固定する金具にツメを引っかけ、肉球の摩擦を利用して登り切る、そこからベランダの手摺りにジャンプする。しかし今日はツメの効きが悪くてズリ落ちそうになる。ツメの先っぽが切られているから効きが悪いのだ、しかしなんとか頑張ってテラスの手摺りに飛び乗った。手摺りの上を歩いて行く。ネコの身体能力は素晴らしい。母船時代に寄生していたミニラプよりもその運動神経は優れている。特に平衡感覚とジャンプ力が秀でているから、パンツ採集が可能となる。さあ、現場に着いたぞ。

空を見上げれば、透き通った青空が広がり、その青いキャンパスを一筋の白帯が伸びていく。飛行機雲だ。本当にこの星は美しいと思う。太陽との絶妙な距離感が大気を青く輝かせ、それにつられて、海も青く輝く。

はじめて母船から派遣され、連絡宇宙船（空飛ぶ円盤）で地球に近づいたとき、何て美しい星なのだろうか、こんなに美しい星がこの殺風景な宇宙にも存在するのか、夢でも見ているのではないかと思ったものである。それほど母船の内部はわびしく寂しいのだ。

上からは庭の様子をすべて見渡すことができる。

あれっ、変だぞ、いなくても良いネコが庭の隅に寝そべり、日向ぼっこをしている。茶トラ・チョーセン野良ネコのチョーセン・マサである。チョーセン・マサをここで見かけたのは初めてである。茶トラのチョーセン・マサは公園のさらに向こうの川原に住処《すみか》があるから、ここまで脚を伸ばすのは珍しい。おそらく、ポカポカと降り注ぐ日差しに釣られてここまで脚を伸ばしたのであろうか、それともアイドルネコの「モモちゃん」を見に来たのだろうか、このスケベネコが。

物干し竿のパンツを盗むなどネコにとってはお安いご用だ。さぁ、飛びつくぞ！　ジャンプ！　よし、布を前足のツメで引っかけて、そのまま体重をかければ、パンツは洗濯ばさみを離れて吾輩とともに床に落下するはずだ。落下したらパンツを咥えて、テラスから地面に飛び降りればよいだけだ。ネコの着地能力を持ってすれば、二階からのジャンプなど容易《たやす》いことだ。五階から飛び降りても無事だったというネコがロシアにいたそうである。

地球ネコの身体能力には本当に驚かされる、吾輩の母船にもネコに似た生き物がいるのだが、地球で言えばナマケモノの手足を短くして頭を地球ネコの頭に取り替えたようなもので、顔は地球ネコとソックリだが、運動神経は無きに等しい。そんな生存能力のない生命体がなぜ生き残っているのかというと、それは母船内には天敵となる生物がいないし、我々宇宙人があくまでも愛玩用として改良してきたからだ。

ジャンプは成功した。しかし、ツメがパンツに食い込んで、全体重をかけているのに、洗濯バサミからパンツが外れない。困った、宙づり状態になっている。まるでパンツに両手を引っかけて万歳しているようだ。吾輩の体は宙づりのままである。これは格好悪い、人様に見つかったらどうしよう、なんとかこの宙ぶらりん状態から脱出しなくてはいけない。パンツが風に吹かれて、回転をはじめた。ゆっくりと回転しているから、吾輩もバンザイしている体制で回転している。テラスとテラス窓の景色がまるで走馬灯のように流れていく。もう何ど回転しただろうか、

あっ、これはヤバい。カーテンの隅から顔を出して「モモちゃん」が見ている、クルクル

回る吾輩を見ている、ああっ、「モモちゃん」の姿が通り過ぎた。百八十度回って、今度は「モモちゃん」に背中を見せてる。また回転して「モモちゃん」が見えてきた。目が合った、「モモちゃん」と目が合った。悲しそうな顔をしている。どうしよう、こんなあられもない姿を見られてしまって、宇宙人としての面目は丸つぶれである。また回り出して、また「モモちゃん」と目が合ってしまう、どうしよう。とりあえず愛想笑いをしてその場を取り繕う。しかしモモちゃんは愛想笑いには応えず、悲しげな表情で吾輩を見つめている。そのときである、洗濯バサミからパンティーが抜けて、吾輩の体はパンティーごとテラスに落下した。モモちゃんの方を見やると、すでにモモちゃんの姿はそこにはなかった。あまりの醜さに呆れて引き上げてしまったようである。どうしよう、あられもない姿を見られてしまって、モモちゃんはもうかまってくれないかもしれない。

気をとりなおして、さぁ、次は手摺りにジャンプして地面に降りることだ。まずは手摺りにジャンプ、さらに地面に着地、しかし目が回ってしまったのか、足下がおぼつかない。ネコなのに目が回るとは情けない。パンツを咥えたまま一目散に縁側へ走る。さあっ、「境界のイボタの下を通り抜けるぞ」と思ったら、前のめりになって前転してしまった。一体どうしたことだ、何かに引っかかったようだ。振り向くと野良ネコのチョーセン・マサがパンツの端に噛みついて引っ張っている。慌てて戻ろうとしていて、チョーセン・マサの存在を忘れていた。

「こらっ、チョーセン・マサ離せ、オマエの獲物じゃない、吾輩の獲物だ」

「ギャーギャー、グワーグウー」と長物のパンツを互いに咥えたまま、まるで綱引きのようだ。

「ここの獲物に、オマエ関係ないだろう、これは食い物ではない、あっちへ行けよ」

しかしチョーセン・マサは諦めようとしない。

そこで、「あっ、ネズミだ、ネズミがいる」と叫ぶと、チョーセン・マサは「どこだ、ネズミはどこだ」と気をとられ、パンツを離してしまった。よほど腹が空いていたのだろう、飢えていたのだ。

ここでチョーセン・マサについて解説しておこう。

チョーセン・マサも家ネコになろうと努力はしたのだが、その夢は叶わなかった。見た目が可愛くないのだ。片耳は千切られて、殆ど根っこしか残っていないし、その根っこからは膿がタレていて辺りに悪臭を放っている。一体どこに頭を突っ込んだのか、ヒゲは左右とも焼け焦げている。尻尾も野良犬にかじられて先っぽがなくなっている。こんな醜ネコをだれが引き取るものか。噂によれば、チョーセン・マサはネコカフェデビューを目指して、ネコカフェの前をうろついたが、だれも保護してくれなかったそうだ。結局行くとこなくて、川原に寝泊まりしているホームレスオヤジに飼われている。たしかにネコは段ボール箱が大好きだから、ホームレスオヤジの段ボール住居には親和性が高いだろうが、野良ネコの飼い主はしょせん野良人間《ホームレス》がふさわしいということなのだろうか。

「他人の獲物を横取りしようとするのはネコ科動物の悪い癖である」などと考えながら、長物パンツを噛みしめながら走り出す。我が家まではもう少しだ。

やれやれ、縁側になんとかたどり着いた。これで一仕事を終えた。

なぜか長男はまだ縁側に屯していた。長男は嬉しそうにパンツを取り上げると、懐からチュールを取り出し、舐めさせてくれた。

「ペロペロ、ペロペロ、チューチュー」

おいしい。こんなに美味しいおやつは我が母船には存在しない。だれが発明したのだろうか、このネコ用菓子の存在については母船に報告しておこう。長男はパンツに頬ずりすると自分の部屋に戻っていった。

それにしても、長女はいつになったら縁側に来てくれるのだろう。そうだ、帰宅はしているようだから、部屋を訪ねてみよう。

縁側から居間に出て階段を上って右手の部屋が長女の部屋だ。ドアがピンク色に塗られて女の子らしさを醸し出している。

ドアの前におっちゃんこして「ミヤー」と鳴いてみる。中から長女がドアを開けてくれるはずだ。あれ、開かないぞ、変だ、もう一度ミヤーと鳴いてみる。やはり開かない。それでは力づくで侵入しよう。ドアを押して中に入った。いつもは元気な長女がベッドに横たわっている。ピョンとベッドに飛び乗り、様子を見ると、向こうの方から気がついてくれて、手を伸ばすと、布団に引き入れてくれた。暖かい、なんていい香りだ、人間の若い雌はいい香りがする。これも本国母船に報告しなくてはならない。

長女は最近生理が始まったとお母さんが言っていたから、そのせいで体調が良くないのかもしれない。地球ネコなら生後一年ほどで成ネコになるが、人間は十年以上かかる。脳の発達に時間をとられるからだ。長女は色気づいたというか性に悩むお年頃になったということだ。可愛そうに、せめて吾輩を撫でて気晴らしをしてくれ。ああ撫でてくれた、気持ちいい。頭のてっぺんからシッポの根元まで何度も撫でてくれる。

塞ぎ込んでいるのはなぜだ。長女が一人ささやいている。

「サンケは良いね。男の子だから、生理がないものね。あーアッお腹痛い。お母さんに相談した方がよいかな、でも心配かけるだけだから、やめとこうかな」

相談した方が良いに決まっているが、テレパシーでメッセージを長女に伝えることはできるが、そうすると吾輩が中身宇宙人であることがバレるから止めておこう。

宇宙人は日本人が大好き

寄生先の人間肉体は日本人でなくてはいけない。それには訳がある。知りたいだろうから教えてあげよう。

日本人はＩＱが高く、他人種よりも品行方正で礼儀正しく、武士道精神をもっている。日本人はその武士道で白人たちをアジアから追い出し、植民地を解放、世界に人種平等をもたらした。その功績を母船のリーダーである宇宙酋長が認めたのだ。どうせ人間の皮を被るなら日本人の皮を被ろうと決めたのだ。

日本人なら母船内をきれいに掃除するし、ましてやミニラプのようにウンコの投げ合いなどしないはずだからだ。「ウンコ投げ合い防止」が今回の肉体入り換え事業の趣旨であるから当然の判断である。宇宙酋長は正しい判断をしたのである。

日本人を監視するには日本のネコに変身するのが一番良い、なぜなら日本人はネコが大好きで、ネコを飼う家庭が多いからだ。ネコを被った宇宙人であれば、バレることはない。

長男という変態息子

さて、話を戻そう。

長男の様子を見に行こう。長女の部屋の廊下の反対側が長男の部屋である。長女はスースーと眠っているから布団を抜け出して、長男の部屋へ向かう。ドアをすりぬけると、長男がベッドの上でモサモサしている。

あのパンツを恍惚の表情で抱きしめ、ハーハー言ってる。こいつオナッてるぞ。

ベッドの上に飛び乗って、高校生のセンズリを観察調査する。母船から「少年のオナニーシーンを観察し、報告せよ」との指令を受け取っているからだ。

「アアーッ、アーッ」と変な声を上げて、体を震わしたぞ。射精しちゃったようだ。あーあっ、出しちゃったよ。高校空手部所属でも、これだけは寸止めできないようだ。母船には「寸止め不可」と報告しよう。

一瞬の間をおくと、ひと呼吸おくと、長男はティッシュを取りにその手をティッシュの紙箱に伸ばした。しかしそこにティッシュは無かったのだ。残念ながら空箱だったのだ。

最近お母さんがティッシュの減りが早いことに気づき、ケチって十分な量を与えないのだ。可愛そうに、ティッシュを手にできない長男は途方に暮れている。虚ろに天井を見つめ、センズリ覚え立ての頃に射精で飛ばした天井のシミを空虚に見つめている。お母さんは天井の乾いたシミを見つけ、長男も年頃なことに気づき、そっと、ベッドわきにティッシュを置くようにしていたのだが、あまりに損耗が激しいため、ティッシュの箱が空になっても補充しなくなっているのだ。

中流の下位の分際で、一軒家を維持する家計のシワ寄せが、長男のセンズリにまで影響を及ぼしているという現実がそこにはある。それと同時にお母さんは心配しているのであろう。あまりに発射の回数が多いと、長男が種なしになってしまって、あと取りができなくなるのではないかという心配である。お母さんは息子のズリセン回数を制限しようと画策している。どこの惑星でもズリセン覚えた息子と、その行為を止めさせようとする母親との確執は存在する。

ティッシュを失って、出てしまった液状のものの処理に困り狼狽えている長男がそこにいた。

胸に抱えた五分丈オバアチャンパンツにこすりつけようとしたが、止めてしまった。次にシーツに擦りつけようとしたが、それも止めてしまった。シーツを汚すとお母さんに叱られるからだ。

吾輩は、

「ざまあみろ、このバカ息子め、いい気味だ、困ってやがる」

とベッドの端から眺めていた。するとこちらをチラリと見た。吾輩が見ていることに気づいたようだ。

無気味な沈黙がベッドの上を冷風のように吹き去ったように感じたその瞬間である。

「やっ、やめろ！　この変態息子」

長男がいきなり吾輩を鷲づかみにした。

「こらっ、手を離せ。こいつ何を考えてるんだ」

ああーっ、ヤバイ、吾輩の、ワガハイの体をテッシュ代わりに使おうとしている。吾輩を引き寄せると、排泄したカルピス原液みたいなものに満たされた掌をビロードのような吾輩の背毛に擦りつけようとしてやがる。「ヤメロ！」と身をくねらせ、爪を立てるのだが、爪は先をカットされているからうまく引っ掻くことができない。もがくのだが、長男は放そうとしない。もがいても、もがいても手を放さない。こうなったら致し方ない、噛みつきの術を使おう。

体をよじって手首を狙って「ガブッ」と噛みついた。ネコの体は柔らかいからいくらでも曲げることができる。やっと諦めたのか、吾輩をベッドから放り投げた。咄嗟だったから受け身に失敗し、顔で着地してしまった。おでこを打ってしまった。振り返ると変態息子は手首を片方の手で押さえて、うずくまり痛みを堪えている。

「ザマアミロ！」

宇宙人ネコを虐待するから、怪我するのだ。

この変態息子からの逃亡について、母船に相談したことがあるのだが、母船からの返答は「耐えて観察せよ」だった。母船にとって健全な心と肉体を持つ日本人の観察だけではなく、変態日本人の観察データも重要なのだ。

もしも宇宙ネコが危険に曝された場合、連絡宇宙船（空飛ぶ円盤）が駆けつけ、ネコの肉体から魂を抜いて、母船へ連れ帰ることになっている。過去にも魂を帰還させられた三毛オス宇宙ネコが数匹いる。もしも飼っていた三毛ネコオスの性格が変わったりしたなら、それは

宇宙人の魂が抜かれて、本来の「素直で従順」なネコに戻ったということかもしれない。

さて、すんでのところで変な液体を擦りつけられるところだった。アブナイ、アブナイ。ひとつ気になることがある。野良ネコのチョーセン・マサのことだ。チョーセン・マサはなぜ吾輩がくすねてきたパンツを横取りしようとしたのだろう。あの形相はただ事ではない。いったいなにが起きているのだ。気分転換も兼ねてヤツの様子を見に行こう。

階段を降りて縁側に戻って、庭に降りた。今日は三度目の土の香りである。地面にはミミズが二匹出てきて、いちゃついている。あんまりクネクネと動かないでくれ、ネコの本能が疼いて戯れついてしまうではないか。アーッ、だめだ戯れ付いてしまった。でもツメは立てないようにしよう。せっかくのミミズのカップルを傷つけては申し訳ない。しばらく戯れていたが、せっかくのカップルを離ればなれにしてしまった。「ミミズの恋路を邪魔するネコは馬に蹴られて死んでしまえ」というから、離れた二匹のミミズを前足の肉球を使って互いに寄せてあげた。すると、またクネクネと互いに絡み出した。なんか夫婦の寝室でお父さんとお母さんがしている行為に似ていると思った。

いや、似ていないかもしれない。人間夫婦の絡み合いの方が、もっと激しいし、変な格好を繰り返す、人間は普段は体が硬くて、柔軟な体を持つネコとしては同情至極なのだが、夫婦はベッドの上では急に柔軟な体に変化するらしい。上になったり下になったり、逆さになったり、片脚上げたり、両脚上げたり、変な道具を使ったりする。変な声も出す。それに対してミミズは声を出さないし、道具も使わないようだ。この件についても母船に報告しておこう。

「報告：件名＝ミミズのセックスについて。

報告内容：観察結果によれば、ミミズはその繁殖行動において、性器具を使うことはない。いっぽう、人間はその繁殖行動において様々な器具を使う。振動式、吸引式、回転式など様々である。具体的な品目については添付を参照されたし。添付資料内において、黒い糸状のものがこびり付いているものがあるが、それは繊維ではなく、陰毛である。以上」

野良ネコ　チョーセン・マサとその飼い主

イボタの垣根をくぐり抜け、チョーセン・マサが住む近くの川原に向かう。

大きな公園を斜めに横切ると道路に出る。この道路は交通量が多くて、ネコにとっては要注意である。この道路を不注意に横切ろうとして車に轢かれるネコが後を絶たない。ネコの屍体などゴミとして回収されるだけだから、悲しいものである。とくに野良ネコの命など人間さまは気にもとめない、そりゃそうだ、俺たち家ネコでさえ野良の命など見下しているのだ。まず第一に、野良ネコはケンカばかりしているから、毛皮に傷が多く、三味線の皮に使えない。ネズミ採りはできるが、捕るのは野ネズミばかりで、家の中のネズミを捕るわけではないから、実質ネズミよけの役には立たない。

昔は野良ネコも近所の優しいお婆ちゃんと同じように、子供たちのアイドルとして人気を誇っていたのだが、昨今の子供たちは家に籠もってゲームばかりしているから、悲しいことだが、アイドルとしての需要はなくなってしまった。

さて、無事に道路を渡りきり、土手に上った。ここからチョーセン・マサの邸宅が見えるはずだ。

「見えた、見えたぞ」

河原に作られた邸宅は三畳一間ほどの造りで、屋根と壁は段ボールを貼り合わせて作られ、さらに段ボールを雨から守るためのブルーシートが貼られている。床は土間となり、飼い主のオッサンはベニヤ板を貼り合わせて自前のベッドを作り、その上で暮らしている。チョーセン・マサは部屋の入り口に置かれた背の高い物置台の上で暮らしている。寝るときはオッサンの布団に潜り込むようだ。

「チョーセン・マサ、さっきイボタの下で吾輩のパンツを横取りしようとしやがったが、いったいどういう了見だ」

「なんだサンケネコか、貴様、自分のパンツっていうけど、オマエの物ではないだろう、あれはモモネコのお婆さんのものじゃないか、だからモモネコの家のベランダに干してあった。

オマエはそれを知っていて盗りに行ったろう？　盗品を取り返して何が悪い？　取り返してベランダに戻そうとしただけだ。だいいちあれはただのパンツではない。サンケネコ、オマエ知らないのか？　あれは婆ちゃんのズロースだか、ハーフパンツだか、五分丈パンツとか呼ばれる、お婆ちゃんの文化的生活に欠かせない冷え防止必須アイテムだ。そんな大切なものを盗もうなどとは、なんて奴だ、ネコにはネコ道という倫理の道があることを忘れたか、恥を知れ！」

　ここで予め断っておかなくてはならないことがある。チョーセン・マサはネコ町内会で会長を、すなわちボスネコを務めていたゆえ、弁が立つのだ。演説と説教が得意で、喋らせておくと何時間でも喋っている。ホモネコジャニー元帥大魔神閣下との権力闘争に敗れ、ホームレスオヤジの飼いネコに身を落とした。いちおう飼いネコだけど、飼い主がホームレスという野良人間であるから、分類としては野良ネコになる。野良人間が飼うネコはあまねく野良ネコなのである。

　さて、そこにオッサンが戻ってきた。

中肉中背で、ハゲ、ホームレスなのに恰幅は良い。

「タマちゃんのお友達が来ている。珍しいね」

　ここではチョーセン・マサはタマと呼ばれているらしい。

　あれっ、ちょっと、ちょっと待てよ。オッサン変な格好しているぞ。

婆さん用のズロースを穿いて、上は裸で胸毛が目立ち、五分丈ズロースを穿いてるから、短足がさらに短足に見える。スネ毛も目立つ。しかも五分丈ズロースはヴィトン柄である。ルイ・ヴィトンがお婆さん用にズロースを作っているはずないから、中国製の安物だろう。股間のモッコリが異様である。ご立派なのだ。小柄なのに一物はでかいのだ。どうも見た目バランスが悪い。

「タマのお友達は三毛ネコのオスなんだね、三毛オスのキ◯◯マは漢方薬として高く売れるよ。干して粉にして飲むと精力絶倫になるよ」と言う。

なるほど吾輩のキ◯◯マが狙われる理由がわかった。オス三毛ネコのキ◯◯マは漢方薬として高く売れるのだ。

なるほど、思い当たる節がある。先日シモムラ漢薬堂の前を通りがかったとき、薬店の店主がトンボ取りの網を片手に大変な形相で追いかけてきた。吾輩を捕獲しようとしたのである。吾輩は必死になって逃げたが、危なかった。店の前で日向ぼっこでもして、招き猫の代わりをしてやろうという善意からだったが、「くわばら、くわばら」である。今後は漢方薬局には近づかないことだ。

オッサンは裸の上に何かレインコートのようなものを羽織って、そのまま土手へ上がり、歩いて行く、不思議な趣味があるようだ。

「おい、チョーセン・マサ、おまえやっぱりズロース集めてるだろう、飼い主に頼まれてコレクションしてるだろう。しかも吾輩のキ◯◯マは高く売れるなどと抜かしおって、オマエそれでさっき吾輩のキ◯◯マに齧り付いたな？　偉そうにネコ道など説教しやがって、ようするにただのこそ泥ネコじゃねーか、オマエは」

「そうだオレはコソ泥ネコだ、そしてオマエもな」

互いに口籠もってしまう。静けさが川面《かわも》を滑るように流れていった。しかもゆっくりと。

「同じコソ泥でも、オレとオマエではわけが違う。オマエはおやつのチュール欲しさだが、オレは飼い主への義理を果たすためだ。ネコ社会で落ちぶれてしまったオレを拾ってくれたのはオッサンだった。ホームレスで奇人だが、オレにとっては掛け替えのないオッサンなのさ、だからオレはオッサンが生きていく上で必要なババーの下着を集めている。あの通り」と顎を持って行くと、その先には段ボール箱が積まれ、箱ごとにメーカー名が記されている。

「福助、ATSUGI《アツギ》GUNZE《グンゼ》、白鷺ニット、ハナサンテラス」。なぜかヴィトンの箱はない。

「オッサンは変な格好で出かけていったが、それは小銭を稼ぐためさ。オッサンは生まれつきの知恵遅れで、親からも社会からも見捨てられこの川原に辿り着いた。今頃どこかの街角で乞食をしているだろう、婆さんズロースを穿いて、はげ頭をなびかせて物乞いすりゃ、小銭を恵んでもらえる。その金でオッサンは暮らしているのさ。オレは留守番している。変人で知恵遅れのオッサンをからかいに近所の悪ガキどもがイタズラに来るのを防ぐのさ」

そういうチョーセン・マサの横には壊れたステレオが置かれている。左右のスピーカーのうち右のスピーカーのコーン紙が破られている。コーン紙に引っ掻きキズがついている。チョーセン・マサがツメとぎに使ったからだ。

「サンケネコよ、ネコとは悲しい生き物よ。飼い主のためにパンツ泥棒をしなくてはならない。こんなに悲しい生き物がほかにあるものか、なに、犬がいるって？ 犬は違うだろう、奴らは身体能力的にベランダに上ることはできないし、もともと扱き使われることが大好きだから、飼い主に強制されることを苦とも思わない。苦と思うどころか、喜んでいる。犬とはマゾなる生き物なのだ。それに較べて俺たちネコは憐れで悲しい。なに、雀もいるって？ そうだな、雀も人間と共生しないと生きていけないそうだが、でも奴らは飼い主に縛られたりはしない、自由に飛んで、必要なときだけ人里に寄ってくる、それに比べて、ネコは悲しい、人間に食わしてもらうため、プライドを捨て、されるがままだ」

こいつ、ネコは悲しいなどと悲嘆しているが、悲しいのはお前ら野良ネコだけで、吾輩のような家ネコは上流階級であり勝ち組だ、河原乞食の野良ネコと一緒にするな、迷惑だ。それに吾輩はネコではない。たしかに外見はネコだが中身は宇宙人である。

吾輩のことを自分と同等と見ているチョーセン・マサにはいつも「吾輩はネコではない、宇宙人だ」と種明かしをしたくなるのだが、それをやると母船から叱られるからできないのだ。なぜ叱られるかというと、スパイであることがばれると情報収集に支障をきたすからだ。宇宙人であることはあくまでも隠さなくてはならない。

チョーセン・マサの「高邁」なる「語り」を聴くのは苦痛に過ぎるから、家に戻るためダンボール小屋を出ようとしたときだ、

「おい、サンケネコ、オマエの背中になんか変なものが引っ付いてるぞ、なんだそれ？」

えっ、背中に何か着いているって、何だろう？　体をよじって、背中を見る。

あっ、やられた、変態息子のやつ吾輩の背中に汚いものを塗りつけていた。なんとか無事に済んだと思っていたのに、やられちまった。あのやろう、絶対に報復してやる、絶対にだ。吾輩の背中にイカ臭い糊を着けやがった。吾輩のビロードの毛並みを汚しやがった。絶対に母船に頼んで長男を宇宙に回収させてやる。

人間は知らないだろうから教えてあげるが、実は我々宇宙人は肉体人間を回収して宇宙へ召し上げることができるんだ。よく話題になる「空飛ぶ円盤」とは違う。人間が見かける「未確認飛行物体」というのは、ただの自然現象を人間が円盤と錯覚したものだ。なぜかというと、宇宙人は人間に見られるというようなドジは踏まないからだ。宇宙空間をほぼ光の速度で移動する技術を持つ宇宙人は人間に見つかる飛行物体を作ることはしない。

きわめて希ではあるが、突然行方不明になった人間の中には人体サンプルとして母船に連行されたものがある。長男を宇宙酋長に頼んで回収してもらうんだ。あいつと暮らすなんてまっぴらだ。

久しぶりの外出だから帰りは遠回りして帰ろう。小さな町だが中心部は賑わっている。オッサンが変な格好して大道芸を披露している。手持ちのラジカセを横に置いて、カラオケを歌っているだけだ。音痴が酷い、音程もズレているし、リズムもズレている。音程音痴でリズム音痴なのだ。しかし声は良い。声質はなんとも言えない色気がある。少なくとも必死に努力している姿は伝わってくる。

ハゲ頭に上半身は裸で、首には真っ赤なネクタイ、下はヴィトン柄の婆ちゃんパンツをヘソの上までズリ上げ、伸びたゴム紐だけでは保持できず、吊りバンドでつっている。

歌で稼いでるというより、その哀れな姿に同情をかって小銭稼ぎをしているという風情である。何人かの見物人が百円玉を空き缶に投げ入れた。

ネコにも家路がある

夕陽は沈もうとしている。自分の影を見るとアスファルト舗装の向こうまで伸びている。ネコの小さな体が一際大きく長く映し出されている。駆ける脚まで長く見える。しばし見とれていると、物陰からトンボ採りの網を持った男が飛び出してきて、吾輩に網を被せてくる。シモムラ漢薬堂の店主だ、あれでも薬剤師の資格を持っていると言う。薬剤師の仕事とは三毛オスネコのキ◯◯マを追うことらしい。

逃げろ、逃げろ、走れ、もっと早く走れ。影とともに走って逃げると、広いヤブに辿り着いた。このヤブは農家の跡地で、まだ再開発されずに残っているのだ。その昔、この場所にあった農家は経営難から一家心中をしたそうで、どうも縁起が悪い事故物件ということで、買い手がつかないと聞いたことがある。夜な夜な怪奇現象が起こるというのである。子供の幽霊が現れるとか、夫婦喧嘩の怒鳴り合う声が聞こえるとか、夫婦喧嘩の声の後は、女のすすり泣く声、子供たちが逃げ惑う悲鳴が聞こえるという。

吾輩は何度もこのヤブを通り抜けたことがあるが、たしかに子供の兄妹を見たことがある。古くさい衣服を着せられ、貧しそうないでたちであったが、吾輩を見つけると、「かわいい、かわいい」と言って近寄ってきた。吾輩は陰に隠れてから、振り向いたのだが、そこに兄妹の姿はなく、元の通りに草花が揺れているだけだった。子供がいたという痕跡はなにもなかった。足跡もなければ、草花を荒らしたあともなかった。

今にして思うと、あれは幽霊だったのだと思う。子供の顔の表情は極めて鮮明で、髪の毛どころかマツゲの一本一本が識別できるほどの鮮明さだった。たしかに、このヤブは曰く付きである。その曰く付きのヤブを足早に通り抜けようとすると、ヤブの奥からアライグマの〝場末のマサコ〟が声をかけてきた。

「ねえ、お兄さん、遊んでいかない、安くしとくわよ、大丈夫、私は病気を持っていないし、妊娠もしないわ」

アライグマは指先が人間のように器用に動く、その器用な手でゴザを抱え、「ウッフン」とばかりにお色気目線を送ってくる。敷きゴザの上でサービスしてくれるらしいが、体位的に後背位しかとれない雄ネコにとって、アライグマの太くて大きい尻尾が邪魔になり、挿入は困難をともなう。アライグマの尻尾の大きさだけで、子ネコの倍ぐらいの大きさがあるから挿入には難儀する。餌を持参すればさせてくれるらしい。支払う餌はその辺の野ネズミ、モグラ、フナでもいいし、キャットフードや鰹節なら特別サービスまでつくそうだ。

もっとも〝場末のマサコ〟には悪い噂がついて回っている。以前〝場末のマサコ〟の待ち受けで順番待ちをしていたオスの野良犬・野良ネコ、中には首に鈴をつけられた高級品種のオスの家ネコもいたらしいが、保健所に一網打尽に捕まった。もちろん捕獲された犬猫は二度と戻っては来なかったというから、殺処分されたことは間違いない。鈴をつけた高級ネコ種のネコは家ネコでケンカしていないから、皮に傷がなく、おそらく三味線業者に引き取られたという、もっぱらの噂である。一時の遊び心が身を滅ぼしたわけである。こういうことは人間社会でもよく見られるそうだ。浮気や不倫がバレて離婚や解雇に至ったり、芸能人なら、事務所追放のうえ局出禁となるなどがそうだ。

また性病罹患により妻から◯◯を拒否されるというのもその例である。淋や梅ならともかく、ケジラミくらいなら、なんとかなるだろうと安易に考えてはいけない。「ケジラミ所有者」

は妻どころか、高級風俗にも拒否される、他の客に病気をうつしてしまうからだ。ただし低価格庶民向け風俗は別である。シラミ管理などしていては損益分岐点を超えることはできないから、野放しとなる。もっとも、野良動物の場合、もともとその被毛はノミ・シラミだらけであり、ケジラミ対策など意味をなさない。我々被毛動物の優れている点はケジラミ対策として人間のように、あらかじめ陰毛を剃っておく必要がないことである。ただし、被毛動物は、どこからどこまでが、陰毛で、どこからが一般体毛なのか、判定がつかないという難点がある。毛ジラミ特効薬である「スミスリン・パウダー」を振りかけようにも、どこまでが陰毛なのか、一般体毛なのかわからないから、下手をすると、瓶の中のパウダーを全部振りかけることになる。もったいないことこの上ない。

一斉捕縛事件以降、〝場末のマサコ〟は保健所と連んでるのではないかという噂がつきまとっている。〝場末のマサコ〟に言わせれば、偶々そうなったらしいが、いずれにしても近づかないのが一番だ。

アライグマは外来種で、繁殖しすぎて人間社会でも問題となっているが、ネコ社会でも問題となっているのである。増えすぎると餌が不足する、餌が不足すると「立ちんぼ」するアライグマが現れる。これは人間社会、新宿大久保公園周辺でも同じである。

〝場末のマサコ〟に聞かなくてはならない。

「ここのヤブは幽霊が出ると聞いたけど、〝場末のマサコ〟は大丈夫なの？」

「ああっ、あの兄妹ね、うん、出るわよ、でも、もうなれたわ。あたいの大切なお友達よ、可哀想な兄妹よ。まだ生きたかったのに、親に死なされたの。父親の借金苦とか、経営難、母親の不倫とか、イロイロあったみたいね。でも子供の命を奪ってはいけないと思うわ。あの兄妹はあたいとは仲のよい地縛霊よ、人間の幽霊だから、あたいら動物にはなにも怖くないわ」

「急いでるので、じゃあね」と言い訳し、家路を急ごうとしたそのときである。〝場末のマサコ〟が別れ際に「サンケネコさん、実はあたいにも、あたいにも……」と言いかけて、口ごもった。何を言いたいのかと、次の言葉を待ったのだが、口ごもったままなにも言わないから家路についた。

帰りはモモちゃんネコの庭を通って行こう。もしかしたら、モモちゃんに会えるかもしれない。

モモちゃんはいつもテラスから外を眺めているから、テラスのすぐ下を通るのは止めて、離れたところを歩こう。

モモちゃんの庭にもイボタの垣根がある、垣根の庭側を通れば、垣根の反対側にあるモモちゃんのテラスがよく見える。

いたぞ、モモちゃんがいた。いつものようにモモちゃんに我が猫体を向けて目線を送る。

これでモモちゃんは、片手を上げて「ミヤーッ」と挨拶を返してくれるはずだ。しばらくの間が流れた。あれっ、様子が変だ、いつもと違う。モモちゃんが目線を合わせてくれない。一体どうしたのだろう。モモちゃんは目をそらして空を視たままだ。シラケ鳥が何羽か飛んでいった（場がしらけたという意味）。無視されたのか、やはりパンツ泥棒の件を怒っているのだ、いや、怒っていると言うよりも、呆れ果てている、吾輩に対する信頼が完璧に消滅した。吾輩の存在を脳内から消し去りたい。蜂に刺された吾輩の鼻先を、舐めて看病したことを忘却の彼方に放逐したい。モモちゃんはそんな思いに駆られているのだ。そうなるのも致し方ない。あんな恥ずかしい場面を視てしまったのだから。吾輩はなんて運が悪いんだ。あの長男の悪趣味のせいで、こんな目に遭うとは、もうモモちゃんに構ってもらえないのだろうか、イヤダ、イヤダ、イヤダー、絶対にそれはいやだー……。

なんどもモモモちゃんにサインを送ったが、モモちゃんは微動だにせず、空を見つめたままである。今日は諦めて、肩と尻尾を落として家路につこう。

我が家のイボタ垣根に到着した。もう陽は墜ちて辺りは暗く、肌寒くなってきた。縁側にヨイショとジャンプして香箱座りで夕涼みである。

今日も忙しかった。母船から連絡が入っている、背中のカピカピの処理について問い合わせていたのだ。その答えが来た。答えは、「変態少年の遺伝子情報として貴重だから、保持し続けよ。近々カピカピを回収するための連絡宇宙船（空飛ぶ円盤）を派遣する。それまでは、風呂もシャワーも禁止だ」

なんと無慈悲な返事だろう。実は吾輩は宇宙人ネコなのに風呂もシャワーも大好きだ。暖かくてぽかぽかして気持ちよい。地球に来てから覚えたんだ。長女がその優しい手でお風呂に入れてくれた。人間用の湯船だから、ネコにとってはプールのように大きく、泳ぎの練習もできる。

背中のカピカピのせいで風呂もシャワーも当面お預けとなるし、炬燵も無理だ、臭いから入れてくれないだろう。

母船で小型恐竜ミニラプの皮を被っていた頃はお風呂など考えたこともなかった。ジュラ紀に地球の中国から採取してきた小型恐竜ミニラプの肉体だから、風呂に入るという習慣がない。ジュラ紀でゆっくり温泉などにつかっていたら、天敵に食べられてしまうからだ。だから母船内はいつもミニラプの体臭で臭い、さらに繁殖期になるとオスとメスのウンコ投げパフォーマンスが始まるからもっと臭くなる。ミニラプ肉体を廃止して人間肉体、特に大和民族（日本人）の肉体に変えたいという宇宙酋長の考えが生まれる所以である。

日本人はちゃんと風呂に入るし、手も洗う、ゴミを綺麗に片付けるし、必要とあらばマスクもする。たいへん清潔な人種であり、閉鎖空間である母船内での生活にはぴったりの民族性を持っている。清潔さだけではなくて、揉め事を嫌うという民族性を持つ。ミニラプのようにウンコの奪い合いで殺し合うこともない。

日本人は高い道義心を持つ。大東亜戦争で、それまで白人に奴隷として使役されていた有色人種を奴隷の頸木から解放した。白人植民地を殲滅し、白人優越主義を覆滅した。この日本人が持つ高い道義性を宇宙酋長は高く評価されているのだ。ジュラ紀に中国で採集した、小型恐竜ミニラプは肉体機能、性癖、ウンコ投げに見られるように衛生観念が欠如している、だから、寄生肉体を人間肉体へ変更することとしたのだ。

恐竜の絶滅にも我々宇宙人が絡んでいる。宇宙酋長は恐竜が闊歩している地球の生態を一新することを決意した。特亜産ミニラプの下劣さに嫌気がさしていたからだ。そうしないとより多機能な能力を有する哺乳類の育成ができないからだ。それが六千五百万年前だ。宇宙人はそのために小惑星を地球に衝突させることにした。その結果、恐竜は絶滅し、哺乳類が地球を支配することとなり、ヒト型肉体の獲得が可能となったのである。

地球上では獲得までに六千五百万年もかかったわけであるが、我々宇宙人は重さを持たない霊魂であり、宇宙空間を光に近いスピードで旅をしているから、地球上での六千五百万年は母船内では数千年くらいの感覚である。

さて、宇宙に関するウンチクはここまでにして、長女の部屋に行ってベッドで眠らせてもらおう。長女は吾輩のためにドアを少し開けて、ネコ道を確保してくれている。変態の長男に見つからないように肉球に力をいれて静かに階段を上っていき、長女の部屋に滑りこんだ。

勉強中の長女の机の上に上がって、これもネコの定番だが、教科書の上に寝そべって勉強の邪魔をするのだ、これをしないと飼い主は喜んでくれない。邪魔すると、迷惑そうにあっちへ行けと机の隅にスライドさせられるのだが、一度ずらされても、また戻るのが流儀だ。それほど飼い主に構ってもらいたいとアピールするわけだ。二回目は「もうしょうないな」と抱きすくめてくれるから、すかさず「ゴロゴロ・グルグル」と喉を鳴らさなくてはならない。これも家ネコの大切なお仕事なのだ。飼い主さまをお慕い申し上げていることを行動で示さなくてはならない。そうしないとネコご飯にありつけなくなるからだ。

来た来た、長女の手が伸びて吾輩を抱きしめてくれそうだ。さぁ、喉を鳴らすぞ。

あれっ、ど、どうしたんだ、吾輩は宙を舞ってるぞ。着地してから、投げ捨てられたことに気がついた。長女は吾輩を床に投げ捨てた。一体どうしたのだろうと、長女を見上げると、

「なに、その背中のカピカピ、サンケの背中臭いわ、臭いから部屋から出て行きなさい」

背中のカピカピのせいで抱っこしてもらえない。そこに、お母さんが入ってきた。

「どうしたの、大きい声を出して。あらっ、サンケ、ここにいたの、お父さんが探してたわよ、サンケと一緒にお風呂に入ると言って」

「サンケ、臭いの、背中に変なの付いてる」

「あらっ、本当、背中になにか光ってる、サンケ、お風呂に入って洗い流しましょう、ちょうどパパがお風呂に入っているから」

これはまずい、逃げなくっちゃ。背中に付いてるのは貴重な遺伝子情報である、臭かろうが、醜悪であろうが、空飛ぶ円盤が回収に来るまで守らなくてはならない。

とっさの思いで、階段を駆け下り、外へ逃げた。庭のイボタの下に逃げ込んだから大丈夫だ、ここなら捕まらない。今晩はここで寝ることにしよう。

ちょっとまてよ、ここは昼にカエルを埋め戻してあげた場所だ。あのカエル、ちゃんと生きているだろうか。冬眠を邪魔したから、死んでしまったかもしれない。

「そこのネコ君、元気かい」

振り返ると、あのカエルが地面に出で吾輩に話しかけている。

「ネコ君、ありがとう。おかげで冬眠から覚めたよ。掘り返されて、地上に出たらネコがいたから、食べられてしまうかと思って、恐怖でかたまってしまったよ。でも埋め戻してくれてありがとう。君は優しいネコだね。ところで、こんなところで何してるの?」

昼のカエルに再会するとは思ってもいなかった。

「ちょっとわけがあって、今日はここに泊まらせてもらうよ。よろしくね」

「いいよ、このイボタ垣根は僕のエサ場でね。ここには小さい虫がたくさん集まってくるんだ、だから僕はここに住んでいる。お返しだから、泊まっていっていいよ」

これはカエルの恩返しというヤツだな。ありがたいことだ。

宇宙母船から緊急連絡

一眠りしたら眼をさました。もう暗くなり、家族も寝てしまったようだ。前足を組んでその上に顎のせした。そこに母船から連絡が来た。

「ズロースオッサンを母船に回収する。宇宙酋長が大変興味を持たれ、是非ともペットとして身近に置いておきたいとのご意向である。近々(個体回収用)の連絡宇宙船(空飛ぶ円盤)を地球へ派遣するので、状況報告を欠かさず、回収時はオッサンの身柄確保と背中に保管している遺伝子の確保に協力せよ」

ズロースオッサンの件については、人間の特異な生き様として母船に報告してあったのだが、まさか、回収移送とは。宇宙酋長は何を考えているのだろうか? オッサンを母船に拉致などしたら、卒倒して死んでしまうだろう。河川敷ではネコのチョーセン・マサをペットとして飼っていたが、今度は自分が他生物からの飼育を受けるのだ。しかもその生物は小型恐竜ミニラプの外見を持つ。オッサンにとっては見たこともない、醜悪な生き物である。もちろん中身は宇宙人であるから、オッサンに無茶なことをさせるとは思えないが、大トカゲ擬きに囲まれたときのショックは相当なものがあるであろう。

聞くところによると、宇宙母船内にはすでに少数ではあるが、ヒト型肉体を被った宇宙人もいるし、生態観測のために宇宙人の魂は注入せず、素の人間のままの標本も少数ではあるが、生かされているという。オッサンは「素の人間標本」として宇宙酋長のペットになるのかもしれない。可愛そうに、奴の人生とはいったい何のための人生だったのであろうか。

オッサンのことはともかく、オッサンがいなくなったらチョーセン・マサが寂しがる。可愛そうなのはチョーセン・マサである。

あんなに仲の良い、強い絆で結ばれている二人を引き離すのは酷に過ぎないか。酷だ、酷《ひど》すぎる、そうだ、母船には拉致を取りやめるようなニセの調査結果を報告しておこう。そして、ズロースオッサンの代わりに長男を連れ去るように仕組もう。あの長男め、吾輩の背中に変なもの塗りつけやがって、絶対に召し上げさせてやる。早速、宇宙本部へテレパシーを送った。

「現況報告：ズロースオッサン移送の件について：ズロースオッサンはミニラプ肉体と同様、自分のウンコを他人に投げつける癖があると聞いています。そのため、宇宙酋長のペットには相応しくないと考えます。恐らくですが、酋長にもウンコを投げつけると考えられます。それに較べて長男はペットとするには最適です。オバアチャンパンティーを与えておけば、何でも言うこと聞きますし、奴隷化しやすいと考えます」

やれやれ、今日一日が終わった。明日はなにが起こることやら。宇宙母船からの返事が楽しみだ。

「スースー、グーグー、スヤスヤ」

ネコの眠りはいつも浅いから、眠りの最初だけだが、寝ながら自分の寝息を聞くことができる。眠りに入っていく自分がわかるのだ、あーあっ、眠っていく、どうしよう、モモちゃん助けて、眠ってしまう、大好きだよモモちゃんネコ……。

何時間眠ってたのだろうか、もう明け方になっている。ネコがこんなに長い時間連続して、眠り続けることは珍しい。昨日はいろんなことがありすぎて、疲れてしまったようだ。

おっと、宇宙母船からテレパシー連絡だ。地球時間で日本列島の明け方に連絡が来ることは珍しい。いったい何事なのか。

「ズロースオッサン捕獲について：ズロースオッサンを本日未明に捕獲した。火星調査から帰還する予定であった宇宙連絡船（空飛ぶ円盤）ＡＴ４３Ａ０５５号機に地球への立ち寄りと捕獲を命じた。円盤は無事に現場へ到着し、宇宙時間軸αに乗って宇宙時間Ｃ０４０６０７に身柄を確保し、恒星『プロキシマ・ケンタウリ』へ移送中、現在、木星引力によるスゥイングバイを終了し、このあと土星軌道に乗って、さらにスゥングバイを実施し、光子ブラックマター重力波加速を実行し、宇宙速度を亜光速遷移速度まで引き上げる（亜光速遷移速度とは平たく言えば光速の八十五～九十パーセント程度の速度である）。その後宇宙母船へ向け宇宙空間軸Ａ—Ｇ—Ｋ００９を使用して航行する。貴下におかれては捕獲後の現場状況について明後日報告されたい」

まさか、いくら何でも、それはないだろう。さっき、捕獲しない方が良いと連絡したばかりだ。手遅れだった。まさかこんな早業で回収されてしまうとは、宇宙酋長もずいぶんとせっかちだ。よほど気に入ったのだろう、しかし、あの変態ズロースオッサンの何が魅力なのだろうか。

チョーセン・マサはどうなるんだ

おそらく川原の段ボール屋敷ではオッサンの姿は生活状態のまま跡形もなく消え、チョーセン・マサが気づく間もなくオッサンは消えてしまったはずだ。飲みかけのビール缶もそのままに肉体だけが消滅したであろう。もしも布団に入っていたなら、布団に体の断面形状の空洞を作っていなくなっているであろう。それが我々宇宙人による拉致捕獲である。拉致からまだ数時間しか経ていないのにすでに木星軌道を越えている。

オッサンがすでに木星を超えて土星軌道を超えようとしていることをチョーセン・マサはまだ知らない。オッサンも驚いているはずだ。宇宙の景色をわざと見せて、自分が宇宙人に拉致されたことを自覚させるため宇宙の景色をわざと見せつける。すでに木星の大赤斑を見て、今は土星の輪を眺めているであろう。こうなってはもう諦めるしかない。オッサンはもう地球には戻ってこない。

夜があけたのでチョーセン・マサの様子を見に来た。川原の段ボールハウスは何事もなかったかのように佇んでいる。

「サンケネコ、どうした、何か用でもあったのか」

「いや別に用事はないよ。天気も良いし、近くまで来たからよってみただけだよ。ところでオッサンは元気かい？　見えないけど」

「いつものことさ、散歩にでも行ったか、魚でも釣りに行ったのだろう。よくあることさ」

オッサンの寝床を見るとやはりフトンからそのまま抜け出たようにトンネル状に空洞ができている。そのトンネルの異様さにチョーセン・マサはまだ気づいていない。

吾輩の口からオッサンが宇宙人に拉致されたなどと言うわけにはいかない。真実を教えると吾輩が中身宇宙人であることがバレてしまう。可愛そうだが、ほっておくしかない。そのうちオッサンは出奔させられたことを悟るだろう。それまでは触れないようにしておこう。

「サンケネコ、オマエまだ背中に変なカピカピつけてるんだ？飼い主が洗い流してくれないのかよ」

「このカピカピ、結構気に入ってるんだよ。なんか背骨のサポーターみたいになってるんだよ」

嘘もいいとこだ。こんなカピカピさっさと取り除きたいのだが、空飛ぶ円盤がくるまで、持たせなくてはならないのだ。貴重な遺伝子情報だからだ。それにしても、オッサンを連れていった空飛ぶ円盤はなんで吾輩のところに寄ってくれなかったのだ。一体いつになったらカピカピ回収に来るのだ。吾輩のことよりオッサンの方が大切なようだ。

チョーセン・マサはそっとしておこう。そのうちオッサンのことは諦め、オッサンがいなくなったという現実を受け入れてくれるだろう。さてイボタ垣根へ帰って昼寝しよう。

帰り道でホモネコ「ヨースケ」の元妻で茶白のルミに会った。ルミは車にはねられ、脚を怪我したと聞いていたが、怪我のせいで野ネズミを取れなくなったのだろう、道ばたでニャーニャー鳴いて乞食のように餌をせがんでいた。その隣では、かわいい子ネコがじゃれ回っていた。見ていてかわいそうになったから、ルミもいっしょにイボタ垣へ連れて行くことにした。ルミと子ネコが庭でミャーミャー鳴いたら、お母さんも長女も「可愛いから」と言って餌をくれるに違いない。当面室内へは戻れそうもない吾輩はその餌に集まることとしよう。

緊急電

我が庭では二匹の子ネコが加わってずいぶん賑やかになっている。ルミには池の鯉とイボタ垣のカエルはエサではないこと、そのほかの生き物も殺生しないように言い聞かせた。この箱庭は宇宙人ネコの実験場であるから勝手に生態系を壊されては困るのだ。

ネコたちはさっそく池の鯉に挨拶したようだ、カエルは新たな住人が増えて少し怯えているように見えるが、そのうち馴れてくれるだろう。

宇宙母船から連絡が来た。緊急電だ。

連絡（極秘）：ズロースオッサンの件について。

「ズロースオッサンが連絡宇宙船内（空飛ぶ円盤）内で大暴れして、ミニラプ乗組員を背中から羽交い締めにして、ミニラプ乗員の顔面に後ろからウンコをこすりつけ、ウンコウ（運行）を妨害している。対処法を知らせたし」

ヤレヤレ、またもトラブル発生だ。だからオッサンの代わりに長男を連れて行けと言ったのだ。オッサンにはカラオケでも歌わせておけば、おとなしくなるのではないか、もうどうでもいいから、そう返信しておこう。

返信：「カラオケマイクを持たせれば、おさまるべし」

そう返答しておいたら、今度はカラオケマイクを物質転送するから、カラオケマイクの空間座標を教えよと言ってきた。そこでお父さん愛用の【夢グループ製カラオケ1番（人気曲300曲内蔵&追加曲用カートリッジ（1980円相当）付き）】の位置座標を教えておいた。これでお父さんの唯一の楽しみである風呂上がりのカラオケ熱唱ができなくなる。かわいそうに。でも外れた音を聞かされる家族には朗報であろう。

恒星「プロキシマ・ケンタウリ」へ向けて航行中の連絡宇宙船（空飛ぶ円盤）より報告あり。

報告：「カラオケ一番300曲内蔵の転送を完了した。虎柄ズロースを穿かせてマイクを持たせたら、オッサンの沈静化に成功した、しかし船内は音痴のダミ声とウンコ臭が充満し、ミニラプ乗組員は耳栓鼻栓をして対応している」

船内は駅裏の「スナック・セブン」状態となっているようだ。だれも聞きたくないのにオッサンがカラオケをがなり立てる。客の中にはティッシュをまるめて耳栓にしているオヤジもいる。時にはママさんどころかチーママまで耳栓をしている。

もうなんとでもしてくれ。疲れたからお昼寝だ。イボタの下に寝そべって、根っこに顎のせした。そしたら子ネコたちとルミが寄ってきて添い寝してくる。これは暖かい。これを家庭の温もりというのだろうか、吾輩も所帯をもとうかな、これは心地よい。ヨースケが渡世人暮らしを捨てて所帯をもった気持ちがよくわかる。でも吾輩はまだ所帯を持つことはできない。中身は宇宙人ゆえ、地球観察が最優先課題だからだ。それに嫁をめとろうとするなら、相手は隣のモモちゃん以外には考えられない。もしも、地球にこのまま残ることになったら、吾輩はモモちゃんと夫婦になるんだ。その日が待ち遠しいが、とりあえず背中のカピカピをなんとかしないと。

ルミがカピカピを舐めている。これは困る。保存を命じられているからだ。ルミに舐めるなと言ったが、ルミは「これ美味しい」といって舐めることを止めない。子ネコまで舐め始めた。

もういいや。ルミと子ネコたちに任せよう。ズロースオッサン回収には来ているのに、吾輩の背中のカピカピ回収は後回しにして素通りしていった。これは母船の責任であり、吾輩の責任ではない。もうどうでも良い。

背中を舐められて心地よい。大きな舌と二つの小さな舌が交互に舐めてくれている。その心地よさにつられて眠りに入っていった。気持ちよいことされるとすぐに眠りに入る、それがネコの習性である。

どのくらい寝ていたのだろうか、鳥のさえずりで起こされた。サクラの幹にお父さんが作ってくれた鳥のエサ台がある。そのお父さん謹製のエサ台を視ると、小鳥が二羽、エサをついばみながら、さえずっている。あれはなんという小鳥だろう？　よく見ると、尾が長い。これはシマエナガだ。シマエナガは非常に警戒心が強く、里に下りてくることはめったにないはずだが、目の前にいるのは間違いなくシマエナガである。

この町は地方都市の川沿いに作られているため、山も川もすぐ近くにある。それゆえ、いろいろな小動物が訪ねてくる。小鳥はスズメにはじまり、ハクセキレイ、野生化したインコ、ウグイス、コゲラ（キツツキ）、モズ、ツグミ、ムクドリ、ヒヨドリ、ホオジロ、小動物では、シマリス、リス、エゾモモンガなどである。今日は希少な鳥であるシマエナガがデビューした。

庭にエサ台を置いたら、カラスに狙われるのは必定だが、エサ台は入り口だけを残して金網で覆われており、カラスは中には入れず、小鳥と小動物しか入れない。それでも時々カラスがエサ台から落ちたエサを拾いに来るが、吾輩が縁側で監視しているときは、すぐにカラスに突進して追い払っている。

エサ台から目を自分の脇にふると、吾輩に添い寝していたルミと子ネコたちがいない。いったいどこへ行ったのだろうか?逃げたのかな、朝もやのなか耳を澄ますと、かすかに、かすかにだが、ネコの鳴き声が聞こえる。公園の方からだ。見に行こう。あの鳴き声はおそらくルミと子ネコだろう。

ルミと子ネコが公園の栗の木の下で鳴きながらエサをねだっている。エサは吾輩が用意してあげるとルミには言ってあったのだが、昨日は疲れて寝てしまい、エサを用意してあげれなかった。

ルミに戻るよう説得した。こんなところで啼いていたら、子ネコごと保健所に捕獲されてしまう。そうなれば、保護ネコとして引き取られない限り、殺処分はまぬがれないし、もしも里親が見つかっても親子三匹ごと引き取る里親はおるまい。家族はバラバラに引き取られるし、足を悪くして、上手く歩けず、後ろ足を引きずって歩く母ネコを引き取る飼い主などいないだろう。

ルミを説得して再びイボタ垣に戻ると、我が家に忍び込み、いや帰宅して、カルカンをいっぱい口に含むと、イボタに戻り、ルミに与えた。ルミはそれを子ネコが頬張るのをにこやかに、うれしそうに眺めては、二匹の子ネコをグルーミング（毛繕い）してあげている。子ネコはお腹を空かしているし、ルミが食べる分も確保しなくてはならない。

再び台所に戻り、カルカンを口いっぱいに頬張り、持ち帰った。そして地面に蒔いた。すると、また子ネコが食らいついている。これではルミの食事を用意できない。ネコはほっぺに食べ物を蓄えるようにはできていない。口の中が狭いのだ。こういうとき、リスがいてくれるとありがたいのだが、今日はいないようだ。さあ、ルミの分のカルカンを頬張りに台所に戻ろう。咥えられるだけのカルカンをいっぱいに頬張り、ルミのもとへ運ぼうとしたときである。

「あらっ、サンケだわ、サンケどこ行ってたの、みんなで心配してたのよ」

長女の声だ。やばい、見つかった。エサを勝手にあさると叱られるんだ。肥満防止のため、毎日適量しか食べさせてくれないルールになってるからだ。

そのままルミの待つイボタへ逃げると、長女が追ってきた。そして

「あらっ、かわイイイー、かわいい、かわいい子ネコがいる」

長女が子ネコを手に取ろうとすると、ルミが「シャー」っと威嚇する。やはり母ネコである。

「お母さん、お母さん、子ネコよ、子ネコよ、かわいい子ネコよ」

お母さんを呼びに行った。するとお母さんも出てきた。

「あらっ、サンケ、いなくなったと思ったら、家族ができたのね、かわいい子ネコじゃない。

奥さんネコもきれいなネコだわ」

チョ、チョットまってくれ、ルミは家族ではない、ただの友ネコだ。しかし、人間から視れば、雄猫と雌猫と子ネコが二匹固まっていれば、ネコ家族に見えるのは致し方あるまい。

長女はエサを袋ごともって戻ってきた。

「お母さんネコ、足を引きずってるわ、怪我したのね、病院で視てもらわないと」と言って、また手を伸ばして子ネコを抱こうとするが、その手にルミはネコパンチを見舞うのだった。子ネコには絶対触らせない覚悟でいる。

「この場所で、エサをあげながら、様子を見ましょう。ノラネコだから人には馴れていないのよ」とお母さんと長女は家に戻った。

よかった、これでルミと子ネコは食べ物に困ることは当面なくなった。

吾輩はいつもの指定席である縁側にもどった。縁側からはイボタの下のルミたちがよく見える。大きな皿に盛られたカルカンを頬張っている。ルミも安心したのか、やっと食べ始めた。それを視た吾輩はホッとしたのか、眠くなってきた。アーアーッ、だめだ、眠ってしまう、まぶたが勝手に閉じていく、ゥーウー、グーグー、スヤスヤスヤー。

突然の怒声で飛び起きた。近くでノラネコが怒鳴り合っている。怒声は中島公園の方から聞こえてくる。見に行こう。

公園には子供たちのために大きな砂場が用意されている。その砂場でホモ・ゲイ・オカマ・

ネコとホモ・レズ・タカラヅカ・ネコが罵り合っている。

「おだまり！　この汚らわしいレズビアン・ネコ（レズネコ）、アンタらみたいなネコがいるから同性愛《ホモ》ネコは世間から嫌われるのよ、迷惑なのよ、まったく！」

オネエ言葉で怒鳴っているのはホモ・ネコ・ゲイ・オカマのカナである。サバトラ柄のカナはホモ・ネコ町内会軍団で若頭を務める。そのカナに対し、レズネコも言い返す。

「黙るのは君たちホモ・ネコ・ゲイ・オカマ・ヤローではないーかー、君らは天下の公道に反して、オス同士で乳くれ合って、社会の風紀を乱している。君たちホモ・ゲイ・オカマ・ネコのほうが世間の顰蹙《ひんしゅく》をかっている、だから、僕たちLGBTが差別されるのは、君たちホモカマネコのせいなのだよ、ハッ・ハッ・プファー、なぜそう言えるかって？　僕たちレズは君たちオカマと違って社会に広く認められている、人間社会ではタカラヅカという女劇団があり、あらゆる性別の市民に愛されているのだから、ハアツ、ハアツ、ハアツ、ハアツ・・」

語尾に近づくにつれ、だんだんと声が大きくなり、語尾が伸びていく。

タカラヅカの男役を気取って応えているのは、レズネコ・タカラヅカ軍団の「花組ミドリ」である。

男役なのにマツゲが異様に長い。このレズネコ軍団は、中島公園近隣の某豪邸付近に屯《たむろ》しているネコ集団で、ネコなのに太い眉毛が描かれている。なぜ其処に屯しているかというと、豪邸の主が猫好きで、エサをくれるし、建物の床下に住むことを許してくれているからだ。ネコたちもネズミ除けの役割を果たしている。

ネコの額に眉毛を黒のマッキーで描いているのは、近所に住む猫好きのジジーで、その名を「タコ部屋川口」という。その「タコ部屋川口」はタカラヅカが大好きで、生活保護費をくすねては、有楽町の東京タカラヅカを、ケースワーカーさんには内緒で、観劇に行っている。ネコ好きと、タカラヅカ好きが高じて、そこいらの雌のノラネコをタカラヅカ風にメークしているのだ。

最初ネコたちは「タコ部屋川口」がくれる「おやつのチュール」につられてメークに応じていたのだが、そのうち病みつきとなってしまったのだ。メークをした方が世間の耳目を集められることに気がついたのだ。他よりも目立ちたいと思う心理は人間のメスだけではなくて、ネコのメスも同じである。目立たないと良いオスに巡り会えないからだ。もっともレズネコは端《はな》から繁殖には興味がないから、ただの目立ちたがり野郎ということになる。自己顕示欲の強いネコなのだ。

「タコ部屋川口」は「タカラヅカファン」であるから、いつも公園でタカラヅカの男役の台詞をまねては悦に入っている。

「タコ部屋川口」が現れると、チュールを期待してネコが集まってくる。「タコ部屋川口」

はオスネコが大嫌いで、メスネコにしかチュールをあげず、オスネコは追い払ってしまう。若い頃「タコ部屋川口」はタコ部屋でタコ人夫として働いていたのだが、飯場《はんば》（土工が寝泊まりする寮）で飼ってたネコがオスで、ほかのタコ人夫にはなつくのに、「タコ部屋川口」にだけはなつかず、以来オスネコ嫌いになったそうだ。

ネコたちも「タコ部屋川口」のタカラヅカ風の口上をまねて、唱和するようになり、結局タカラヅカ風のレズネコが誕生したというわけである。もっとも「タコ部屋川口」のカラオケの十八番《オハコ》である、昭和のアイドル、浅田美代子の「赤い風船」の歌唱が始まると、ネコたちは蜘蛛の子を散らすようにいなくなる。聴いていると、敏感なネコの耳が破壊されるからだ。音程は三度も四度も不連続に上下に外れ、リズム進行は遅れたり、早まったり、カラオケではもう二番の歌唱に入っているのに、「タコ部屋川口」はまだ一番のサビを外れた音程で歌っている。これでは、人間の耳より10倍以上敏感と言われる耳を持つネコたちは退散する。ネコの聴覚が優れているということは、聴覚神経が人間のそれ以上に繊細で敏感なことを意味しており、聴覚神経を守るためにはその場から逃亡する以外ないのだ。ネコのための耳栓はまだ発明されていない。

ホモ・ゲイ・オカマ・ネコのカナが言い返す。

「おだまり！　何を言ってるのかしら、タカラヅカとはお笑いだわ、あのね、教えてあげるけど、タカラヅカなんて、ただのレズビアン・ショーなのよ。欧米にも女劇団は存在するけど、それはすべて日陰の身のレズショーだと外人が言ってたわ、日本に来て初めてタカラヅカを見せられたときは爆笑したそうよ、テレビでレズショーをやってる国は日本だけだと、その外人は話していたわ。それに何なの、そのお面、天狗のお面を腰に結わえて、変な格好してるのは、アンタらレズネコじゃない、恥ずかしいと思わないのかしら、だいいち、そのネコ専用のネコ面天狗のお面をどこで手に入れたの、すごい発想ね。『タコ部屋川口』に作ってもらったのかしら？ さすがに、『ヒラメとカレイ』と呼ばれるレズネコだわ!!」

レズネコの「花組ミドリ」が、タカラヅカ男役風にオナベ声でカナを見下す。

ここで豆知識だ。オナベとは、性別は女なのに、男の服装をして、男ぶってる女性のこと。オカマの対局、それゆえタカラヅカ男役はオナベということになる。ちなみに、オコゲというのは、オカマのヒモのこと。ナベにひっついてはなれないことを語源とする。

話をもどそう。

「カナ君、君は相変わらず、頭いかれてるな、僕らが魚じゃないことぐらい視ればわかるはずだ、僕たちはネコであって、魚ではないのだよ。ハッ、ハッ、ハ、君はなに馬鹿げたことを言ってるんだ？」

これは奇妙だ。オスネコのカナが女言葉を話し、メスネコのミドリが男言葉を話している。彼らは不思議な生き物なのだ。

するとホモ・ゲイ・オカマ・ネコのカナが

「オマエさん、ヒラメとカレイって呼ばれてるの知らないのかしら？知らぬとあらば、教えてあげましょうかしら。それじゃあ、教えて差し上げるわ。

ヒラメもカレイも首から下は同じ体をしてるじゃない、でも目ん玉は互いに体の反対側についているのよ。前から見て左付きがヒラメ、右付きがカレイなのよ。だから、ヒラメとカレイをまな板の上で背中を上にして左側にヒラメ、右側にカレイをおいて横に並べると、目と目は向き合ってね、見つめ合って愛を確かめ合っているように見えるの、でもエラから下の体はまったく同じなのよ。こんな芸当ができるのはヒラメとカレイしかいないのよ。貴方たちレズも、ベッドの上で、同じからだで仰向けに寝て見つめ合っても、体は同じよね、だからレズは『ヒラメとカレイ』と呼ばれるのよ、おわかり」

ホモとレズの対立は根深い。レズ・ネコ・タカラヅカ・ミドリが言い返す。

「ホウー、ならば、君たちホモ・ゲイ・オカマ・ネコがどう呼ばれているか教えてあげよう。君たちは『ファゴット』と呼ばれている、そう、そのとおり、楽器のファゴットだ。長い筒状の楽器で筒からは吹き口のパイプが突き出していて、ファゴットを鳴らすにはその筒を膝に抱えて、吹き口を咥えて、息を吹き込まなくてはならない。もっとも、君たちの場合は吹くのではなくて、なめ回したり、吸い出したりするようだが、ホォホォッ、ホホホ、ホー、ファーツ、ファゴット、ファゴット、バスーンとも言うわ」

「カレイだとか、ヒラメだとか、ネコ面天狗」とか「ファゴットとか、バスーンとか尺八」だとか、下品な罵り合いが始まった。以前にもホモ・ゲイ・オカマ・ネコとホモ・レズ・ネコの対立はあったが、これほど大がかりな果たし合いはなかった。ホモ・ゲイともホモ・レズはとにかく仲が悪い、仲が悪いのだ、ゲイとレズは。今日も公園の砂場で啀み合っている。この現状は母船に報告しなくてはならない。

そこにタカユキ・ネコが舎弟のロバとイワセを連れて現れた。元々は「渡世人・ネコ」で「旅ガラス・ネコ」だったタカユキ・ネコは中島公園東側、南11条東1丁目のコンビニ「セイコーマートながい店」周辺を縄張りとしている。この辺りにすむスナック「エム」のママにかわいがられ、エサを貰うようになったから、この辺りに草鞋《ワラジ》を脱いだのである。長年愛用のネコ用振り分け荷物も、ネコ用道中合羽も、ネコ用三度笠も、ネコ用手甲脚絆も、錆朱色のネコ用長脇差《ドス》もすべて「エムママ」に預けた。

タカユキ・ネコは地域の貸元・胴元ネコであると同時に、地域のご意見番である。まるで評論家のようにウンチクをたれることで有名だ。公園一帯でネコ賭博を開帳しており、野良ネコたちからは「カシモト・胴元親分・ヒョーロンカ・コメンテーター」と呼ばれている。

貸元・胴元・タカユキの性癖はいたってノーマルで、ネコ柄はサバトラである。年のせいなのかヒゲは一本しか残っていないし、牙も一本しか残っていない。しかし、さすがに貸元・胴元だけあって、なかなかの貫禄である。そのタカユキネコが

「オマエたち、ケンカをやめろ。同じネコ同士、どうしてケンカする。オマエラは同じホモではないか、なぜいがみ合う。世間からの差別と力を合わせて戦うことがオマエラL（レズ）G（ゲイ）の役割ではないのか、互いに力を合わせて差別と戦えよ。まったく情けないネコだ、オマエらは」

ホモ・ネコ・ゲイ・オカマのカナが、

「おだまり、タカユキ・ネコ、アンタ、引っ込んで賭場でも開いてなさいよ。アンタには関係ないでしょう。ノーマルネコのアンタにホモネコの気持ちなどわかるはずないもの。インポになりかけの年寄り三度笠ネコのアンタに何がわかるというの。老いて毛並みも悪いわよ、あっちへ行って三度笠かぶって、一人グルーミングでもしてなさいよ、オナニーでもいいけど、でもね、アタイをオカズにしないでね、キ・モ・ス・ギー」

次にホモ・ネコ・レズ・タカラヅカ・花組・ミドリが男役風に、

「タカユキ・ネコ君、君は我々誇り高きレズ・ネコ・タカラヅカ軍団に説教するつもりなのか、自分は説教できるほどお偉い立場なのだろうか、ただの博打打ちにすぎないくせして。ハッ、

ハッ、ハッ、ただ歳をとれば偉くなれると勘違いしてないかなーハッツ、ハッ、ハッ、オナニーしすぎでないの？　そうそう、言っておくけど、僕たちをオカズにはしないでくれよ。キモすぎるから、ハッツー・ハッツー・ハッツ」

タカユキ・ネコが年寄りっぽく嫌みな反論をする。歳をとると腕力は落ちるが、口は達者になる。ジジーには二種類ある。人生経験を積み過ぎて、性格が捻じ曲がった奴と、人生経験を積みすぎて、賢く悟りを開いた奴だ。タカユキ・ネコは前者である。

「いや・いやっ、こんな爺さんになって、〝行きそうで行かない〟ジジーのズリセンなんか、かくはずない。疲れるだけで、寿命をすり減らすだけから。もしも若くて盛んな年頃だとしても、オマエラのようなハンパモンをオカズにすることなどありえない。魚のヒラメとカレイならオカズにするけど、人間のヒラメとカレイは煮ても焼いても食えねえー、ファゴットとバスーンはもっと食えねえー、ヒッツ、ヒッツ、ヒッツ、そうだな、ロバ」

居候のロバに同意を求める。このロバであるが、渡世人で無宿だったところを、タカユキネコに拾われたから、一宿一飯の恩義がある。なぜ「ロバ」と呼ばれているのかというと、ロバに似た顔をしているからだ。信じられないかもしれないが、ロバ顔のネコは実在する。被毛もロバ色である。そのロバが応える。

「そうでさあ貸元、こんなカタワモン、ハンパモン、パチモン、バッタモンなんか、オカズにすらなりやせん」

「カタワモン、ハンパモン、パチモン、バッタモン」という喩えに、ホモ・ネコ・ゲイ・オカマもホモ・ネコ・レズ・オナベもこみ上げる怒りを抑えているのが見て取れる。

「この腐れ博打打ちめ、言わせておけば調子に乗りやがって、いい加減にすれよ」

そして、ついに、堪忍袋の緒が切れた。

「違うだろッ! 違うだろう! コノ、ハゲーッ、ハゲーッツ」と叫びながら、「ホモ・ネコ・レズ・タカラヅカ・花組・ミドリ」がタカユキ・ネコに突進すると、その顔面にネコパンチを食らわし、仰け反ったタカユキ・ネコの白い腹部に強烈なネコキックを見舞った。


ここで豆知識だ。ネコ科動物のメスは人間のメスと違って、腕力が強い、それ故メスはメスだけで狩りをする。人間のメスはほとんど狩りをしないのと対照的である。ネコ科動物に専業主婦がいない理由である。ホモ・レズ・ネコは基本メスではあるが、腕力はオスに負けないし、ましてや軟弱なるホモ・ゲイ・オカマ・ネコに腕力で負けることはない。オカマネコよりもレズネコのほうがケンカに強いということだ。


話を戻そう。

タカユキ・ネコの用心棒だったロバとイワセはタカユキ・ネコを守ろうとガードに入ったのだが、間に合わなかった。しかし、二匹はあくまでもタカユキ・ネコの用心棒でもあるから、タカユキをボコるレズネコ・花組・タカラヅカ・ミドリに殴りかかる。するとミドリを救うべく、レズネコ花組全員が戦闘に加わり、現場はノラネコ同士の果たし合いの場と化してしまった。

こうなってしまってはホモ・ネコ・オカマ・ゲイも参戦せざるを得なくなる。ホモ・ゲイ・オカマ・カナは怒りを抑えられないようだ。

「何が差別と闘おうなのよ。一番の差別主義はオマエら博打打ちとヒョーロンカ・コメンテーターじゃない？　アタイらを飯の種にして、アタイたちモーホーはね、この国日本で社会的地位を占めて生きてきたのよ。たしかにゲイとレズの主導権争いはあるけど、差別などないの、わかりましたかあー、この半ボケノーマルさん」

と叫ぶと、乱闘に突進し、他のゲイネコたちも乱闘に加わった。その中にはヨースケの姿もあった。「モーホー転落・ゲイ・オカマ・ネコ」のヨースケは腕っ節は強いからヤクザの出入りには欠かせなかったのだが、今回は様子が違う。

「打って、打って、もっと打って！」と仰け反りながらネコパンチをせがんでいる。まったく戦力になっていない。

「だめよ止めたら、もっと、もっと苛めて」と懇願している。

オカマとは本質的にはマゾである。叩けば叩くほど喜ばれるから要注意である。読者諸兄におかれてはここのところに留意されたい。

本来は人間の子供たちの遊び場であるべき、公園の砂場はノラネコどもの果たし合いの場とった。

砂場は乾いていたから、砂塵が舞い上がり、砂の下に隠されていた乾いたネコウンチまで掘り返され、宙に舞っている。もうこれは修羅場である。これだから、ノラネコは救われないのだ。悲しい現実ではあるが。もしも救いがあるとしたなら、乱闘をノーマル・メス・ネコが遠巻きに眺めながら、乱闘ネコを「はしたないわ。なんてお下劣なのかしら」と蔑んでいることだろう。ネコの世界でもメスのほうが賢いのだ。

宇宙母船に報告した。

報告：「地球のネコには三種類ある。ホモ・ゲイ・オカマ・ネコとホモ・レズ・ネコとノーマルネコである。三種は互いに仲が悪いが、特にレズとゲイの反目は過酷である」

貧しき少年

母船への報告を終わると、急に騒動が収まった。あたりは静かになり、鳥の囀《さえず》りが聞こえるほどだ。一体何が起きたのだ。

公園の隅っこで、中学生らしきの男の子が可愛らしい女の子に照れくさそうに愛を告白しようとしている。その周りを通りがかりの幼稚園児が珍しいもの見たさなのか、取り囲んで、幼く澄んだ眼差しを注ぎ込んでいる。この幼子たちにとって、目の前で人が恋心を発露する姿を視るのは初めてなのだろう。

中学生の身なりだが、貧しそうだ。髪は不揃いにカットされ、おそらく、床屋に行くお金がなくて、親にカットしてもらっているのだろう。着ている物はと言うと、ヨレヨレの制服である。これも誰かのお下がりであろう。小柄で、痩せている。そんな少年にとって、裕福そうに見える相手の女子中学生は初恋の人なのだろう。


「こんなところに呼び出してごめんね、どうしても君に話したいことがあって、来てくれてありがとう。すっぽかされると思っていました。本当に来てくれてありがとう」

「どうしたの、急に呼び出したりして。何かあったの?相談事でもあるの?」

「べつに相談があるわけじゃなくて……」

「僕ーーーーーーーー」

なかなか言い出せず、ウジウジしている。

そして、

「実は僕、僕は、僕は……」

やはり少年は言い出しかねている。好きだと言って拒否されることを恐れているのである。まだウブな少年だからしかたない。

そこに幼児声で園児からかけ声が飛ぶ。

「にいさん、ガンバッテー」

幼児たちが可愛い幼児語で励ましている。

「ガンバッテー、ガンバッテー」

と唱和しているのだ。

少年はますます顔を赤らめて口ごもり、

「ぼっ・ぼっ……僕は……」と、どもってしまう。

さらにかけ声が飛ぶ。

「早く言わないと、逃げられちゃうよ、『少年よ大志を抱け』って、こういうときに使うって、パパに教えてもらったわ』

ずいぶんと物知りな女の子である。園児服を着て黄色い帽子を被っている。

「そうだ、そうだ、タイシだ、タイシだ」

「前金で払わないと、やらせてもらえねーぞ、チップは後で良いけど」

何か勘違いしている園児が混ざっている。親の顔が見たいというのは、コイツのことだ。

少年は囃し立てられ、さらに上気してしまい、黙りこくってしまった。そして、ただ拳を握りしめ、その拳を振るわせている。吐き出せない自分の切ない思いと、周りを取り囲む園児たちへの苛立ちがそうさせているのだ。

少年を苛立たせるには、もう一つ理由がある。それは、それは、なんで「ノラネコまで園児に混ざって、取り巻いているのだ」と言うことだ。しかも園児たちの声援に、

「ミャーニッツ、ニミャーニッツ」

といつもとは違うネコ声で唱和してやがる。

なるほど、公園が静かになるはずだ。ホモネコはゲイでもレズでも他人の色恋沙汰にはとのほかご執心なのだ。それは自分たちも倒錯した愛と恋と、オカマネコなら仮性の悪阻《つわり》と想像妊娠、レズ・ネコなら空想の包茎と仮性の勃起と仮性の夢精という無間地獄に生きていることに由来するからだ。乱闘を止めて、こちらで野次馬しているのは当然の成り行きなのだ。

少年は、拳を振り上げて、園児とノラネコを追っ払いたいところだろうが、好きな女の子の手前、手荒のことはできずに我慢している。

おかっぱ頭の可愛い女児が、

「お兄さん、言わないとだめだよ、ママに叱られるよ」

すると、カラスまで寄ってきて、木の枝に止まり、「カー・カアー」と鳴き始めた。

そこにブランド品で身を固めた四十路の女が現れた。頭のてっぺんからつま先までいったい幾ら掛かっているのだろう、おそらく百万は下るまい。

「もう塾に行く時間でしょう。こんなところで何しているの？　塾の先生から連絡があった

のよ、まだ来てないって。誰なの、この貧乏くさい子は？　勉強しなくてはならない年頃なのに、女を口説こうとするなんて。だめよ！こんな底辺と付き合っちゃ。まったく、何考えてるの、こういう男は出世しないから」

そう言いながら、男の子を睨みつけている。そして、

「おい、オマエ、相手を間違えてるんじゃないの、育つ家庭のレベルが違いすぎるのよ。そんな貧乏くさい服を着て、そんな格好で生きるくらいなら、いっそ、生まれてこない方が良かったんじゃない」

どうもこの母親は外見から男の出世度を見極められるようだ。ということは、男性経験は豊富ということだ。そして娘の手を引くと、強引に連れて帰ってしまった。


男の子は首をうなだれ、恥ずかしさで顔を覆いたくなるほどだ。赤面していた顔は血の気が失せて、青ざめている。首筋まで青ざめている。

園児たちも、野良猫たちも、カラスまで呆気ない幕切れに退散した。少年は近くのベンチに座ると、シクシクと、涙をこらえるように、シクシクとさらに「しくー、しく」とむせび泣いていた。

これはきつすぎる。この子の心の傷はいかばかりであろうか。少年はただ独り言を繰り返しながら泣き続けている。このままではあまりに可哀想だ。吾輩がベンチに近づいて、話を

聞いてあげよう。

涙と嗚咽が止まらない。どうしよう、もしかして、この子はショックのあまり自殺してしまうのではないだろうか。それにしてもあの母親は残忍だ。どこに子供にたいして、しかも他人の子供に対して、その子の人格を全否定するようなことを言えるのだろうか。言える奴こそ、心の貧しい奴だ。あの女こそ人間の「ゴミ・屑・カス・ウンコ」である。

あの母親は以前お父さんから聞いた女によく似てる。その女はどこかの社長で、いつもダイヤをこれ見よがしにぶら下げ、宝石を着飾り、金持ちぶりを見せびらかしているそうだ。世間では希少動物として動物園にでも展示した方が良いのではないかと揶揄されている。もちろんその旦那も金持ちで、自身は国士を気取っているそうだが、国士を気取るなら、妻の贅沢三昧を、これ見よがしに民衆に晒すようなことはしないはずである。また、そんなに財力があるなら、国民を自虐史観から救うため、躊躇なく、「大東亜戦争は植民地解放戦争であった」とする意見広告を全国紙に掲載するはずである。細君がぶら下げているダイヤの一個でも売れれば、掲載費用は捻出できるはずだ。それが出来ないということなら、旦那は真正の国士でもなければ、真正の保守でもなく、エセ保守エセ国士であり、ただの自己満野郎ということになる。吾輩っちのお父さんはトラック運転手に多い保守的市民である。運転中は保守論人として有名なアンノーさんのラジオ番組を聴いてるという。

少年は泣きながら独り言を繰り返している。吾輩は見た目ネコではあるが、中身が宇宙人で、テレパシーが使える。テレパシーで話しかけてみよう。

「どうして泣いてるの？」

少年は辺りを見回している。話しかけている人物を探しているのだ。でも、近くにいるのは一匹の三毛猫だけである。三毛猫はいるが、べつに口を動かしたりしないから、喋っているようには見えない。

そして、

「誰？　あなたは誰ですか？」と問いかけてくる。

「僕はここだよ、目の前にいるネコだよ。君を励ましに来たよ、ただのネコだけど我慢してね」

少年は目を丸くして驚いている。まさかネコに話しかけられるとは。

「いいかい、これから手を上げるよ、見ててよ。手を上げるよ」

そう言って片手を上げた。

それを見て少年は納得したようだ。まだ子供だし、素直な子だ。

「ネコだけど、人と会話できるネコだよ。どうして泣いてるの」

「僕は彼女に振られてしまったよ。どうして僕は駄目なんだろう。振られただけでなくて、子供やネコやカラスにまで笑われて、僕は本当に駄目な子なんだ。生まれて来ない方が良かったんだ。ママが言っていたけど、ママが離婚したのは僕が原因だったって。僕が生まれたことで、みんなに迷惑かけているんだ。さっきのオバさんからも生まれてこない方が良かったと言われた」

「駄目だよ、死んだら。君をこの世に送ったのは、母親と称するその女じゃないんだよ、神様だよ。神様は母親のお腹を使って君をこの世に送ったのさ。せっかく神様がこの世に送ってくれたのに、死んじゃだめだよ。神様に叱られるよ」

「僕はなにもいいとこがないんだ。ケンカも弱いし、女の子にモテないし、体も弱い。こんな奴は生きてちゃ駄目なんだよ」

「生きていれば、良いこともあるよ。ところで、どうして彼女に告白することにしたの」

「ママは僕のこと嫌っている。家は母子家庭でママは夜働いているから、僕がいなけりゃ随分楽になると、僕は産むはずの子供ではなかったたって、堕ろすはずの子供だったたって、産んでもらって感謝しろっていつも言ってるよ。新しい彼氏と結婚できないのは僕がいるからだって、いつも愚痴っている。僕は死んだ方がいいんだ。ママにはいつも死んでくれと言われている。間違えて産んでしまったのだから、いなくなってくれと言われている。僕が死んだら生命保険が入るそうだよ。そのお金で彼氏と再婚するって言っている。それでママのために死のうと思ったんだ。学校の屋上から飛び降りようとして躊躇していたら、用務員のおじさんが飛んできて、止められた。あのとき死んでいれば、こんな辛い思いをしなくてもすんだのに。僕は邪魔者だから、中学を出たらすぐに上京して就職すれって言われてるんだ。家から僕がいなくなったら、すぐにその男と再婚するそうだよ。そんな、いつも周りから虐待されている僕に優しくしてくれたのは、さっきの彼女だけなんだ、だから『好きだ』と言おうと思ったんだ、僕はただ『大好きだ』と言いたかったんだ。それを見世物にされてしまった。幼稚園児どころか、ネコやカラスにまで馬鹿にされて、悔しくて悲しい、こんな奴はやっぱり、生きていては駄目なんだ」

そして、また泣き出した。

「悔しいし、悲しい思いをしたね。でもその経験は大切な君の財産だよ。悔しさをバネにしてこれから生きていけるからね。青春時代に辛い思いをした人ほど人生に成功するんだよ。君はきっと成功するよ」

少し気が楽になったのだろうか。泣きが少しおさまった。「悔しさは財産」という言葉を気に入ってくれたようだ。

「そうだね、僕はママの邪魔になっているから、さっさと親元を離れて職に就くんだ、でも勉強は続けるよ。勉強は好きだから、東京の定時制高校に通うんだ。そして卒業して、大学も夜間に通うよ、夜間大学でも勉強して、僕は天文学者になるんだ。何故って？　僕は空と星を見るのが好きなんだ、空には僕を嫌う人はいないからね。僕は空を視る天文学者になるんだ」

「お母さんを見返してやれよ。君が大学を出たら、お調子者のお母さんは手のひら返しで君を頼ってくるに違いないけど、こんなこと言っては悪いけど、お母さんは君を産み落としただけのただの『ブタ女』なのだよ、だから、就職して自活できるようになったら、親元を離れて、そんなブタとは距離をおきなさい。そして、決して親孝行などしちゃ駄目だよ、そういうブタカス女はいくらでも集ってくるから。実の子に向かって『オマエが邪魔だ、堕ろすはずだった』などと言ってのける女は真の母親ではないからね。情の無い人間だから、情けは無用、君も『情けは無し』で接しなさい。君は大学出たら、さっきの女の子以上に優しい女性を見つけて、家庭を築きなさい。いいかい死んじゃだめだよ。神様は君に辛い思いをさせたけど、それは君が大人になった後、大成するために必要なことだから、若い君に体験させたのだよ。だめだよ、死んでは」

少年は立ち上がると、

「ありがとう。ぼくと話をしてくれるなんて、ネコ君だけだよ。君は優しいネコだね。ありがとう。僕、がんばるよ」

そして彼は帰ろうとしたが、吾輩は最後に声をかけた。

「僕はネコ仲間に会いに、時々この公園に来るから、ここで会ったら、また、テレパシーで話そうね」

「うん、また来るよ、ネコ君に会いにね」

そして毒親の待つ自宅へ「トボ、トボ」と片方の肩を落としながら、歩いて帰宅していった。心は立ち直ったはずなのに、後ろ姿は、やはり、寂しそうで見窄らしかった。

じつは人間に対しテレパシー能力を使うことは禁じられている。でも、あの少年は救ってあげなくてはいけないと思ったから、規則を破り使ってやった。なぜなら規則は破られるためにあるからだ。

あの少年に較べると、長男はどうだ、少年と違って、衣食足りて、何不自由なく暮らしているのに、生きがいはパンツ集めだけだ。長男は紛れなく人間のクズだ。

宇宙酋長にはあの少年を大成させるよう、身辺の危険から守ってあげるよう、自殺しようとしても、物理的に阻止して、何回飛び降りても、元の場所に戻して、命を絶たせないようお願いしておこう。それから、天文学者になりたいという希望を持っているようだから、時期が来たら宇宙連絡船（空飛ぶ円盤）に乗せて太陽系全惑星を間近に見せてあげるよう宇宙酋長に頼んでおこう。あの少年が地球で天文学者になれば、それはそれで宇宙人にとっても良いことだから。

家に戻ると、また、公園からネコたちの喧噪が聞こえてきた。今度はホモゲイネコ、ホモレズネコ、ノーマルネコの他に、カラスと犬の鳴き声が混ざっている。一体どうなってるんだ。あいつら、いつまでやってるんだ。

「さっさと悟りを開け」と言ってやりたい。悟りの境地に達するということは、やはりネコには無理なのだろうか？

吾輩にとってネコ同士の啀み合いなどどうでもよい、それより、ルミネコ親子の様子が気になる。

宇宙緊急電

母船からまた連絡が来た。

「空飛ぶ円盤が行方不明：ズロースオッサンを拉致した円盤が行方不明となった。現在捜索中：宇宙連絡船（空飛ぶ円盤）ＡＴ４３Ａ０５５号機は天王星でのスイングバイ加速を試み、スイングバイ軌道に進入後、衛星アリエル付近で行方不明となっている。宇宙母船は宇宙連絡船（空飛ぶ円盤）ＡＴ４３Ｃ６６１号機を捜索と霊魂回収のため派遣した」

いったい何が起きているのだ。オッサンの空飛ぶ円盤は天王星に墜落してしまったのだろうか、そうであれば、生存は不可能だろう。いったいズロースオッサンの人生とは何だったのだろう。ズロースオッサンはもう戻ってこない。

長女と子ネコとお父さん

長女がルミネコ親子の様子を見に来た。長女は子ネコをよほど気に入ったようだ。「カワイイ、カワイイ」とエサを投げ与えている。子ネコを抱こうとして手を伸ばすのだが、母ネコのルミがシャーッツと威嚇して、長女の手にネコパンチするため、子ネコに触ることもできない。長女もお母さんもお父さんも、家ネコにして飼っても良いと思っているようだが、元来ノラネコのルミは人への警戒心が強く、エサはもらっても人になつくことはない。

長男はルミ親子には全く興味を示さない。子持ちの野良ネコではパンツ泥棒に急き立てることはできないと見ているからだ。長男の脳内はパンツコレクションでいっぱいである。

今日は非番のお父さんがやってきた。お父さんはネコが大好きだ。聞くところによると、お父さんは子供の頃ネコを飼っていて、そのネコは三毛猫で、名をサンケと言ったそうだ。それで吾輩もサンケと呼ばれている。ただしお父さんが飼ってた三毛猫はメスの三毛猫で、吾輩のようなオスではない。希少種ではなかったから、漢方薬店「シモムラ漢薬堂」のオヤジにタ◯キンを狙われることはなかったようだ。

お父さんが仕事の帰り道で、道ばたで雨にずぶ濡れになって啼いていた吾輩を見つけ、拾って帰ったらしい。三毛オスだと気がついたのは、砂だらけになっていた吾輩を洗うため、お風呂に入れていたときで、三毛猫なのにタ◯キンついているのを発見したそうだ。

「これは珍しい」

と、それは大切に育ててくれたそうだ。母親ネコは三毛オスの子を嫌って、育児放棄したようである。

せっかくお父さんが育ててくれていたのに、可哀想に吾輩のような宇宙人に肉体を乗っ取られてしまった。もとのネコ霊魂は脳の片隅で眠っている。子ネコの霊魂のまま眠らされている。

お父さんがネコ好きなのは、働いている運送会社がネコマークだからではないだろう。子供の頃に飼っていたネコに楽しい思い出しかないからだ。以前お母さんにお父さんが話していた。

「子供の頃に飼っていたサンケは今でも近くにいる気配を感じることがある。一人で寝ていると、サンケの霊が肩をその小さな手で『ポン、ポン』と軽く叩いて、布団の肩口から入ってくると感じることがある」

ネコだけでなく、動物の霊魂は成仏しない。なぜなら、動物は知能が低いため、自分が死んだとは認識できないからだ。自分が死んだとは思っていないから、霊魂となった死後の行動は生前と何も変わらない。ペットの霊魂は生前と同じように飼い主に寄り添っている。ただ飼い主は霊魂を視ることができないから、気がつかないだけである。吾輩は宇宙人であるからよくわかる。

お父さんが、

「母ネコの脚が悪いようだが、大丈夫だろうか、獣医に診せた方がよいだろう」

長女は、

「パパ、手術になるとお金かかりそうね。お母さんに相談しようか、へそくり出してもらいましょうよ」

「いやっ、男として、妻のへそくりに集るようなことはしたくない。パパは残業増やして、このネコの手術代を稼ぐよ」

お父さんは生来優しい人で、職場でも、同僚たちから、たいへん頼りにされているそうだ。吾輩はこんなお父さんが大好きだ。だから脚にスリスリして、ゴマをするんだ、するとお父さんいつも吾輩のアタマを撫でてくれる。

「パパの曲入りカラオケマイクがなくなってしまったけど、母さんが隠したのかな」

長女が、

「ママはそんなことしないわ、私も知らないわ、どこへ行ったのかしら」

お父さんは愛用の曲入りカラオケマイクがなくなったことに気がついているらしい。まさか、【夢グループ製カラオケ一番（人気曲３００曲内蔵&追加曲用カートリッジ（１９８０円相当付き）】が宇宙に行ってるとは誰も思わないだろう。

「いいよ。小遣い貯めて、また買うから」

お父さんのカラオケへの執念は衰えない。

公園の方からは、未だにネコ同士の啀み合いの声が聞こえる。あいつら、いったい何時《いつ》までやってんだ。

また母船から緊急報告だ。

「行方不明になっていた宇宙連絡船（空飛ぶ円盤）ＡＴ４３Ａ０５５号機が発見された。宇宙連絡船（空飛ぶ円盤）ＡＴ４３Ａ０５５は天王星にはおらず、命令に反して太陽系第8惑星ー海王星でスイングバイを行い、地球への軌道に乗っている。捜索宇宙連絡船（空飛ぶ円盤）は追跡し、地球帰還を阻止する予定だが、阻止できなければ、円盤ごと破壊する予定」

搭乗員のミニラプが寝返ったのではないか。ズロースオッサンがミニラプ搭乗員を「いっしょに地球に住もう」と説得したか、もっと臭いウンコを捻り出して、顔面に塗りつけるぞと脅したかのどちらかだろう。

ミニラプは速い球を投げられるが、下半身はいたってひ弱である。母船内では自分の脚で歩くことがほとんどないからだ。ズロースオッサンがミニラプを寝技で押さえ込むのは容易であろう。

もう勝手にしてくれ。吾輩はルミネコ親子の面倒を見ながら、隣のモモちゃんネコとの関係をもどさなくてはならない。勝手に宇宙で追っかけっこしてやがれ。ノラネコたちもいつまでもケンカしてろ。あんな奴ら、どうなろうと吾輩の知ったことか！

ルミネコと子ネコは体を寄せ合って静かに寝息を立てている。吾輩も添い寝しよう。家ネコとはいえ、独身ネコだった吾輩に添い寝は初めての経験だった。子ネコに寄り添いながら、顔を舐めてあげた。するともう一匹の子ネコも舐めてくれと頭をもたげたから、そちらの子ネコも舐めてあげた。二匹の子ネコは再び眠りに戻っていった。

ネコにとっての愛情表現とはグルーミング（毛繕い）である。ネコは相手のネコを舐めることによってグルーミングし、愛情を表現しているのである。ネコに必要なのはこの互いのグルーミングだけである。互いの愛情交換だけでネコは満足する。宝石やブランド品は必要としない。

子ネコは再び寝入ったことであるし、吾輩も眠りにつこうとしたそのときである。なにかの視線を感じる、しかも強力なまるでレーザー光線のように食い込む鋭い視線である。誰かに見られているのだろうか。あたりを見渡してみる。

いた、イボタの下からこちらを見つめているネコがいる。

やばーい、やばーい、これはやばい、モモちゃんだ、モモちゃんが視ている、凝視している。しかも両耳を平らにしてイカ耳にしている。ネコは不機嫌になったり、警戒するとき、耳をイカ耳にする。

「モモちゃん、ち、ちがうんだ、チガウンダ、chigaunda、違うんだ。このネコたちは吾輩の子でも妻でもないんだ。ルミネコは妻ではないんだ、ただの友達なんだってばー」とネコなのに北海道弁が出てしまう。

しかし、その言い訳は通じなかった。モモちゃんネコは耳を平らに閉じたまま、侮蔑の視線を残像として残し、イボタ垣から姿を消した。

いつもこうだ、吾輩は格好の悪いところばかりモモちゃんに見られる。

ネコは辛い、宇宙人ネコはもっと辛い。夜明けはいつ来るのだ。吾猫生《びょうせい》の夜明けはいつくるのだ。

デコイと兄弟

祐介と裕太はおさない兄弟です。祐介は兄で八歳です。とにかくやんちゃで、いつもお父さんにしかられています。このあいだも、池の金魚に家を作ってあげるんだといって、お父さんが日曜大工に使う大切な鋸で、セメントブロックを切り、鋸刃をボロボロにしてしまいました。裕太は弟で六歳になったばかりで、動物の観察が大好きです。

たとえば、「家のベランダに、いつも遊びに来る、隣のネコのトラは今日、左手の上に右手を重ね、その上に顎をおいて、首を斜めに傾かせて寝ていたら、トンボが飛んで来て、耳に止まったので、耳をピクンと後ろの方に動かしたの、そしたらトンボはすっと飛び上がって、今度はトラの鼻のさきに止まったの、トラはびっくりして、立ち上がって、何度も何度も、左の手で鼻を擦っていた。それでトンボはいなくなったの」などと夕食の時お母さんに報告するのでした。

このあいだは、玄関の前に半分埋まっている、大きな石の下に住んでいる大きなミミズには、目が五つあった、といいはってお母さんを困らせました。

裕太の観察力は並外れていて、お父さんとお母さんは、裕太は大きくなったら動物学者になれるかも知れないね、といつも話してました。

この物語はこの幼い兄弟の不思議な体験にもとづいています。

物語は、兄弟のお父さんが、趣味で集めていたデコイとの出会いから始まります。

お父さんはデコイを集めるのが趣味です。

最初お父さんは、鴨猟が趣味で秋の解禁日が毎年待ち遠しくて、一月《ひとつき》も前から愛用の、レミントンの水平二連銃を磨き、ピカピカにしていました。何度も分解しては組み立てるものだから、かえって、銃が壊れてしまうのではないかと、心配したくなるほどです。解禁日の前の晩はいつも眠れません。朝三時には愛用のレミントンを携え、職場の部下の近藤さんと、ジープに乗って一時間ほどの沼に出かけるのです。でも、せいぜい一羽か二羽の鴨をとってくるだけです。そして、いつも猟犬のシルビアのせいにするのです。

「お父さんは五羽も落としたのだけれど、シルビアが一羽しか拾ってくれなかったのだよ。シルビアはもう歳だからしかたないね」

お母さんの話では鴨を一羽も捕れずに、二人で山に入って、キノコを採ってきたことがあるそうです。

近藤さんの自慢は一発で十三羽の鴨を落とした話です。

近藤さんがまだ二十五歳の時、北海道のまん中にある大きなダムの管理事務所に勤めていた頃の話だそうです。やはり解禁の日、近藤さんは明け方の薄暮の中を水辺にたたずむ鴨の群れに近ずき、管理事務所のもう一人の仲間がバケツを叩いたところ、鴨の群れは一斉に飛び立ち、近藤さんの方に飛んで来たそうです。そこで、六十号の散弾を放ったところ、十三羽も一度に落ちたというのです、もちろん、その時近藤さんの愛犬のゴン太が十三羽も拾うことなどできません、このとき二羽だけ拾って、後は仲間のハンターに分けてあげたそうです。お父さんはこの話を大ぼらだと決めつけているのですが、近藤さんは、本当の話だといってきかないのです。

近藤さんはときどき家に遊びにきます。そしてお父さんと酒を酌み交わし、ずいぶん夜遅くまでお酒を飲んで行きます。そういう時に限って、この自慢話が始まるのです。お父さんもちょうど酔っていますから、そんなことはあり得ないといって、射程二十メートルでの散弾のちらばり具合いとか、その範囲、そして、その範囲内における鴨の密度とか並べて、どう考えても、一度に十三羽は不可能であるし、鴨が落下する僅かな時間に、正確に数をかぞえることすら難しいと結論づけるのです。

一度に二羽しか落としたことのない、お父さんにしてみれば、十三羽は絶対に認められないのです。お父さんがあんまり頑張るものだから、近藤さんはムキになって、

「いや課長、射撃理論だけでは計り知れないものがこの世にはあるのですよ。あの時向こうの猟友のバケツの音で飛び立った、鴨達は、どういうわけか、僕の方に集中して飛んで来たのです、その時、単位空間当りのかもの数は、通常の四倍はあったのではないかと思うのです、ちょうど、ラッシュアワーの電車の中みたいに。その時僕の目にはちょうど、鴨の壁が

向かってくるように思えたくらいです。そこで六十番の弾で鴨のもっとも密度の濃いところに狙いを定め、この範囲で打てば、射程二十メートルで、少なくとも拡散範囲に十三羽の鴨が入ると判断したのです、おそらく、コンマ何秒の判断だったと思います。そして、殆ど直感的に引金を引きました、こうやって」と近藤さんは、壁に立てかけてあった、ホウキを銃の代わりに持ち、立ち射ち姿勢で実演を始めるのです。

「確かに、打ってから落下するまでの短い時間に、どうやって十三羽を数えたのかと言われますが、しかし、それはできるものなのです、もちろん一羽ずつ数えたのでは、そのようなことはできません。一瞬にして網膜に焼き付けるのです。これは馴れというか、そうです、パイロットがたくさんのの計器板を同時に判読する、あの方法に似ています」

「でも近藤君、その時君の猟犬ゴン太は二羽しか拾えなかったのだろう、やはりゴン太の拾った二羽が正解だったのではないかね」

「いやあ、課長、ゴン太が二羽拾ったとき、残りの十一羽は他のハンターに捕られてしまったのです。マナーの悪い奴はどこにもいるものです」

「おい、近藤君、ひょっとすると、それは何人かのハンターが同時に撃ったのではないかね」

「課長、それについては自信があります。僕のレミントンは変わった音がするのです、ですから、他の銃声と混ざれば、すぐにわかります」

「しかし、同時発砲という可能性は捨てきれないいな」

と議論の堂々巡りが続き、最後には、近藤さんがまくし立ててるうちに、近藤さんよりお酒に弱い、お父さんが眠り転けてしまい、近藤さんの勝ちとなるのです。

ある日お父さんは、鴨撃ちの仲間から、木でできた鴨にそっくりな形と色をした置物をもらってきました。祐介も裕太も知らなかったのですが、デコイというものなのだそうです。あんまりそっくりなので水に浮きそうです。これを湖の、鴨が集まりそうなところにおいておくと、本物の鴨が仲間と間違えて、降りてくるそうです。要するに、鴨猟の囮《デコイ》に使うそうです。

お父さんは「これで俺も十三羽仕留めてやる」と、どうも本当は近藤さんの話を本気にしているようなのです。そして自分の部屋に籠もっては、猟場の模型を作り、「ここにデコイをおいて、風向きはこの方角で、発砲地点はここにする」などといって、シミュレイションと言うのをやってます。今年は間違いなく、最低五羽は、うまくいけば十三羽も夢ではないとほくそえんでいました。このデコイさえあればと。

本当によく似ています。

首から上はグリーンに輝き、胴体はうすい焦げ茶色です。羽毛も毛羽だっているように見え、その目を見つめると、何かを語りかけてくるようです。足はないのですが、もしも水に浮かべれば、水面下では一生懸命水掻きしているかのように見えることでしょう。それくらい、体の筋肉に、いや木質に躍動感があるのです。おとうさんはいつのまにか、デコイに懲り出しました。そして、今度はそのデコイを磨きだしたのです。そして、家に帰ってきては、ワックスで磨いて、ピカピカにしていました。

このお父さんの大切なデコイを水に浮かべてみようと言い出したのは、お兄ちゃんの祐介です。

いつもそうなのです、祐介は好奇心が強く、いたずら好きで、いつもお父さんに叱られています。このときも硬い木で重そうにできたデコイが、本当に水に浮かぶのかどうか、確かめたくなったのです。

裕太はまたお父さんに叱られるからと、反対だったのですが、いつものように、お兄ちゃんの強引さに負けてしまいました。

兄弟はお風呂に水をいっぱい張り、静かにデコイを下ろしました。デコイは少し沈みかけましたが、ちゃんと羽のしたのところから浮きました。デコイはチャプチャプと水に浮かび、指で押すとスートまるで水掻きで漕いでいるかのように進みます。

「裕太、おふろじゃだめだ。三日月沼にいくぞ」

突然祐介が言い出しました。三月沼は家から自転車で三十分くらいのところにある、葦で囲まれた静かな沼で、二人はよく近所の子供達と、水遊びに行く沼です。

その日は、鴨猟解禁日の一週間まえでした。兄弟の住む団地の舗装された道はすぐに途切れて砂利道になります。お兄ちゃんは三段変速機のついた自転車に乗っているから、どんどん進んで行くけれど、裕太のの自転車は変速機がついていないから、お兄ちゃんの後をついていくのが大変です。裕太はときどき「お兄ちゃん、おしっこ」と言って休ませてもらうのだけれど、そのたびに、お兄ちゃんは「裕太はやくすれよ」と急かすのです。

二台の自転車と老いた雑種犬シルビアは、粘土に砂利の混ざった道から、両側を兄弟の背よりも高い笹薮に囲まれた道に入ります。太陽はもう西に傾きかけ、道は笹薮の作る陰に覆われています。もうずいぶん進みました。むこうの少しきつい傾斜の坂を登り終えると沼が見えます。空は秋晴れに晴れ上がり、ずっと星のあるところまで透き通っているかのようにたかく、赤トンボが兄弟の自転車のハンドルのベルに停まっては、また飛び立って行きます。さあ坂の上はもうすぐです。お兄ちゃんの自転車の後ろのカゴに乗ったデコイは、お兄ちゃんのリュックサックに納められて、ゴトゴトと揺れています。さあ坂を登りきりました。もう黄金色に染まった葦のしげみが続き、そして向こうに沼が見えます。下り坂は、ただ、ただスピードがつくだけで、ゴトンゴトンと自転車を激しく揺らし、二人の兄弟を沼へ急がせます。

祐介は葦の茂みの小さな入り江を見つけて、自転車を止めました。そして、大きなデコイの包を抱えて「裕太来い」といって水辺へ駆けていきました。お兄ちゃんはこういう冒険が大好きなのです。裕太はお兄ちゃんの速い足に一生懸命ついて行きました。水辺についたお兄ちゃんは、ゆっくりとデコイを包んでいた新聞紙を解くと、デコイを取り出し、その痩せた首を撫でました、いつもせっかちで、すぐに物を壊してしまうのだけれど、こういう時は不思議なくらい慎重なのです。

水面には静かに日差しが降り注いでいます。気持ち良さそうに水面を撫でて行く風がさざ波を作るのか、それとも降り注ぐ日差しが作るのか、二人の兄弟にはわかりません。沼の底で大きな魚が息でもしているのでしょうか、ときどき大きなアブクが浮いてきては、さざ波に消されてしまいます。静かです。光が水面に当たるときの音すら聞こえてきそうです。遠くで鳥の鳴き声が聞こえたかと思うと、近くからも同じ様な鳴き声が帰って行きます。水面と、向こう岸、二人を取り囲む葦以外には何も見えません。お兄ちゃんは大事そうにデコイを抱え、そっと浮かべました。デコイはお風呂の中とおなじように、プカリと羽の下のところで浮きました。しかし、水辺は枯葉がたくさん寄って来ていて、デコイはすぐに枯葉に囲まれてしまうのです。お兄ちゃんはザブザブと腰のところまで水につかって、沼のなかへ歩いていき、そこにデコイを浮かべました。その時祐太にはデコイの表情が変わったように見えました。目が動いたのです。お兄ちゃんは遠くからみた方が本物らしいからと、デコイを置いて岸辺に戻ってきました。そして二人で沼に浮かぶデコイを眺めていたのです。

「どうだ裕太、本物みたいだろう」

羽毛が濡れて光っています、羽毛の間の水玉まで光っているかのようです。

もうどれくらい時間がたったでしょう、沼はやはり静かです。デコイは兄弟に視られているのとは関係なく、静かに泳いでいるかのように、緩い風に乗って少し岸に近づいて来ました。

遠くで一羽の鳥の鳴き声がしました。そしてこちら側からも同じ声が返って行きます。

その瞬間です、急に、静かだった水面に波が起き、一陣の強い風が吹いて来たのです。その風は兄弟のいた岸から向こう岸へ吹きました。兄弟はその強い突風から実を守るべく、両手で髪を抑え、目をつぶりました。水面を突風が走り去り、沼はまた静かに陽を浴びています。風が治まり、兄弟が目をあけたとき、デコイはすでに二人の背がたたない沖へ流されていました。祐介と裕太はただ茫然と視ているだけでした。デコイは兄弟の手の届かない処へ行ってしまいました。お兄ちゃんはベソをかきながらも、近くにあった、流木を引っ張ってきて筏に浮かべてみました。そして、ちょうどその二股のところに乗って、デコイをとりに漕ぎ出そうとしたその時です、兄弟の後ろのほうから突然、

「グアルルーガルルー」

と、何か大きな音の塊が降り落ちてきたかのように思えたのです。そして、バサバサとたくさんの鴨が兄弟の頭上をかすめ、デコイを中心に水面を埋め尽くしました。いったい何羽の

鴨が降りて来たのかわかりません、沼の水面は全て鴨で覆われているかのようです。

「裕太！　デコイを見失うな」

お兄ちゃんが叫びます。もうどれがデコイでどれが本物なのかわかりません。

「裕太、どうしよう」

お兄ちゃんは狼狽えるばかりです。裕太が答えました。

「お兄ちゃん、だいじょうぶ、僕、ちゃんとデコイを視ているから」

「裕太、どれがデコイなんだ」

「あれだよ」

裕太は鴨の群れの中心付近を指さしました。でも、それだけではお兄ちゃんはわかりません。

「そうだシルビアを使おう。行け！　シルビア」

老いたりとはいえ、猟犬のシルビアは待ってましたとばかりに、ザブーと水に入って行きました。そして、シルビアが群れに近ずこうとしたときです、鴨の群れは一斉に大きな羽音をたてて飛び立ち、空を埋め尽くすと、向こう岸の方へ飛んで行きました、そして一羽の鴨が兄弟の上空を大きく二度旋回して、「グルルー」と鳴きながら、仲間の方へ飛び去りました。

「さあ、これでデコイだけが残っているぞ」

お兄ちゃんはさざ波が残る水面を見渡しました。しかし、目を凝らして、何度も視るのですが、そこには一羽の鴨も残っていませんでした。ただもと通りの静かな沼があるだけです、やはり遠くで鳥の鳴き声が聞こえます。

「お兄ちゃん、デコイはいなくなってしまったよ」

と裕太が言うと、

「裕太、馬鹿なこと言うなよ、どこかにいるよ」

とお兄ちゃんは沼のあちこちを捜しました。しかし、沼のどこを捜しても見つかりません。そしてとうとう日は沈み、空は暗くなってきました。水面にはモヤがかかり始め、もう家に帰らなくてはお母さんが心配します。

兄弟と老いた雑種犬がトボトボと自転車を押して帰り始めたのは、もう太陽が地平線の向こうに沈んでしまったあとでした。

坂を越えたところで、遠くから「祐介、裕太！」とお母さんの声が聞こえてきました。お母さんは兄弟がいないことと、デコイがなくなっていることに気づき、まっすぐここに探しにきたのです。お母さんはデコイを持っていないことに気が付いて、

「祐介、デコイはどこへやったの」と聞きます。

「正直に言いなさい」

「沼に浮かべて遊んでいたら、いなくなっちゃったの、沈んでしまったのかも知れない」

「いいかい、お父さんには正直に言うのよ。お父さんが大切にしていたデコイだから、謝るのよ、お母さんも謝ってあげるから」

お父さんは、一週間後の鴨猟解禁の前祝いだと言って、近くの焼鳥屋さんで近藤さんとお酒を飲んで帰って来ました。そして、玄関からまっすぐ、何も言わずにデコイの置いてある自分の部屋に入って行きました。後は説明の必要はないでしょう。

「デコイはどうした」とお母さんに聞きました。

「さあ祐介、正直に言いなさい」

お母さんが促します。お兄ちゃんは一部始終を説明しました、そして、「沈んでしまったのかも知れない」と言いました。

すると、お父さんは何も言わずに、いきなり、お兄ちゃんの頭をポカッと叩きました。いままでお父さんはいくら怒っても、お兄ちゃんを叩いたことはありませんでした。お兄ちゃんは「ワー」と泣き出しました。そして裕太もお父さんの凄く怒った顔を見て泣きだしました。

お母さんがお父さんにいいます。

「そんなデコイくらいのことで子供を叩いて恥ずかしくないの。子供とデコイいと、どちらが大切なの、あんなの、ただの木の塊じゃないですか」

お父さんはむきになって、

「うるさい！　そうやって子供を甘やかしているから、こんなことをする子になるんだ、おまえが悪いんだ」

今度はお母さんに当り散らしています。

その時です、裕太が顔を泣きはらして、本当のことを話し始めたのです。

「おとうさん違うの、デコイはね、もう沼にはいないの。あのデコイは仲間の鴨と一緒に飛んで行ってしまったの。裕太は視ていたの。最初鴨がたくさん降りて来たとき、たくさんの鴨に囲まれて、デコイは仲間の鴨に背中や、羽を口ちばしで突かれたり触られたりしていたの、そうしたら、最初首がぴくっと動いて、それから、くるっと後ろを振り向いて、羽毛を自分のくちばしでつくろい始めたの、そして突然羽を広げて羽ばたいたの、そう三回羽ばたいたの、そして仲間の鴨達と一緒に餌をとり始め、頚を水にいれて、シッポをまっすぐにたてていた。そして、シルビアが近ずいた時、最初に飛びたったのはあのデコイだったの、そうしたら、残りの鴨が一斉に飛び立ち、行ってしまったの。あのデコイはお兄ちゃんと裕太の上を二回大きくまわってから、行ってしまった。だからデコイはもういないの」

裕太は鼻水を流し、顔をクチャクチャにしながら話を終えました。


翌朝早く、お父さんは沼に行き、デコイを捜しました。沼の岸辺には兄弟の話のとおり、たくさんの鴨のフンが落ちていて、鴨の大群が其処にいたことを示していたのですが、やはり、デコイはどこにも見あたりませんでした。

狸ババア

札幌市の郊外、いや、いまでは街の中心に近いと言っていいかも知れない。というのは、その場所はつい数年前まで近くにジャガイモ畑や玉ねぎ畑が散見できたのであるが、数年前に地下鉄の駅ができたからである。

その駅ができてから、この辺りは新しいアパートやマンションが立ち並び、随分と騒々しくなってきた。その地下鉄の駅の裏手に、地上げの跡の更地に囲まれた木造の古い家がある。典型的な昭和二十年代の造りである。屋根の亜鉛びき鉄板には青いペンキが塗られ、今では手に入らないであろう茶色い陶製の煙筒が居間のガラス窓から空へ伸びている。表面のささくれだった板の下部を下の板の上端に重ねて外壁を形造り、その板には満偏なくコールタールが塗られている。玄関は木製の枠に一尺四方の曇ガラスが何枚もはめられた引き戸があるだけで、その引き戸のちょうど真ん中に鋳物の郵便受けが口を開けている。土台は塚石を並べたもので古い年月に耐えてきたのを物語るかのように、三間ほどある縁側の中心の塚石は随分と地面にめり込み、その分縁側も一緒に沈んでしまっている。縁の下の塚石と塚石の間は少し厚手の板が打つけられて、寒気が入るのを防いでいる。その板と板の間に拳大の隙間がある。そして隙間の縁のささくれだったトゲに猫の毛がびっしりと付着している。

家の廻りは大人の背丈ほどのイボタの垣根に囲まれ、家と垣根の間には良く手入れされた花壇と、この家の主人が丹精こめて育てているのであろう、子供の胴ほどの太さの梅の木が根の所からほぼ水平に五十センチ程伸びた後、垂直に空に向けて伸びている。

地下鉄の駅に出入りする人たちは、古いけれど小綺麗なこの家を目にしては、地上げに耐えて家を維持している家人の忍耐力と美的センスに喝采を送りたい衝動に駆られるのであった。まさにこの家は最近の地上げの泥沼に咲いた一輪の蓮の花かも知れない。但し、そのように思うのは玄関へ通じる垣根の入り口の脇に建てられた一枚の看板を見ていない人だけである。その看板は汚れたベニヤ板をぶつ切りに四角く切ったもので、そこにはこれもあまり綺麗とは言えない文字でこう書かれている。

「地上げには絶対応じないぞ！　地上げ関係者お断り！」

とあらかじめ用意宜しく宣言している。

このあまり美しいとはいえない地上げ拒否の看板さえなければ、住人の貴品と知性の高さを物語るはずである。しかしこの品のない看板が台無しにしてしまっている。更にこの看板には汚れた板が釘で無造作に打つけられている。その板にはあせた墨で、「ここで立ち小便するな！　した奴わヤキいれるぞ！」と書かれている。「は」であるべきところが、「わ」になっているところがやや迫力をそこねている。

実際ここの家人は町内外の厄介者である。なぜなら最近大手のデベロッパーが住民が最優先で入居することを条件に高層マンションの建設を提案してきているのだが、この一軒のために町内会の人達は未だに郊外でのアパート暮らしを余儀なくされているからである。

さてここの家人を紹介しよう。この家を一人で守っているのは山田タツという七十六歳のお婆さんである。

さて、その日タツはいつものように朝六時に目を覚ました。タツの寝所は居間の隣の六畳間で、そこには五年前に脳溢血で死んだ亭主の山田耕助が納まる仏壇がある。タツの日課は仏壇の中の耕助に、

「父さん、お早う。今日も私とこの家を守って下さいよ」

と手を合わして、読経することから始まる。無学のタツではあるが、毎月命日に廻ってくる近くの寺の坊主のお経をカセットに取り、それを何度も聞いて真似して覚えた。それでも聞いてる分には、いかにもお経をあげているかのように聞こえるから不思議である。、もちろんその日もタツは手を合わせると、

「息子夫婦が離婚しないように」

とか、

「娘の長男が私立中学に受かりますように」

とか、いろいろ頼んだ後カセットのボタンを押そうとした。

ところが、どういうわけかうまくボタンを押すことができない。これは変だと右手を見ると、タツは腰を抜かさんばかりに驚いた。右手に焦げ茶の毛が生えている。それになにか二周りほど手が小さくなってしまっている。形はどうかというと指が短く細い。そして平った

いはずの爪が縦に鋭くカギ型に尖っている。立ち上がろうと左手を畳にたてると爪が畳の目地に突き刺さってしまった。その左手もやはり右手と同じように焦げ茶の毛が生えている。タツは一体どうしたことかと、左手の爪を畳のメジから抜き、立ち上がろうとした。ところが、立ち上がることはできるのだが、すぐ前のめりに倒れて四つん這いになってしまう。仕方ないから四つんばいのまま、仏壇の向こうに置いてある鏡台の方を振り返ってみると、タツは驚きのあまり言葉を失った。その鏡台には何と一匹の狸が映っているではないか。タツは気を取り直してもう一度見ると、ちゃんと尻尾もついている。その尻尾は黒いストライプが入っていた。タツの頭は年のせいかもう頭頂部が禿上がってきていたので、その鏡に寄っていって映る狸の頭を見ると、やはり年老いた狸なのか両耳の間の毛が少し薄くなっている。その禿が気になり、頭頂部に力を入れると、両耳がピクンと動くのがわかった。

タツは自分が狸になってしまったことを悟った。仏壇を振り返り、また四つんばいに這っていって、

「父さん、どうしよう。こんな変な姿になってしまって。父さん助けておくれよ」

と頼み込んだ。そしてそこに泣き崩れてしまった。涙も枯れ果て、我に帰ると、あたりは夕暮れ時になっていた。そしてなにやら話し声が聞こえる。

「おい。タツ婆さん狸になっちゃって、泣いてるぜ。やっぱり罰が当たったんだなあ」

「全くその通りさ。耕助爺さんを殺した罰だよ」

その声は床下から聞こえる。

「おいっ、タマ。耕助爺さんを殺したのはタツだと言うのはどういうことだい」

「うん。それについては床柱のタコ八が言っていた。タコ八はタツと耕助爺さんの寝所の床柱だから家族のことは何でも知ってる。奴の話しだとタツ婆さんは耕助爺さんが早く死ぬようにと、徹底的に美食を勧めていたという。例えば、夕食はいつもトロやハマチの刺身、朝は決まってベーコンエッグ、昼は脂っこいラーメンとか肉ウドンで、昼と夕食、それに寝る前は必ず酒をつけた。耕助爺さんは毎日七、八合の酒を取っていたという。だから爺さんが脳溢血で突然死んだのは無理のないことだと言う」

「でもそれだけでは、はっきり殺したと断定できないのではないかな。何かもっとはっきりした証拠がないと」

「それについては俺もタコ八に聞いたんだが、タコ八が言うには、ある日耕助爺さんがビルマの戦友会に出かけたとき、タツが仏壇の前で突然手を合わせたというんだ。知っての通り、仏壇のゴン六は手を合わせた人が何をお願いしているのか聞かなくてもわかるという特技を持っているが、奴が言うにはタツは耕助爺さんが早く死ぬようにと願っていたのだという。その日からだったという、それまで金がもったいないからと言って朝は味噌汁にパンだけ、昼はなし、夕食は一合の酒と納豆飯にホッケの開きだったのが、その日を境に急に食事が贅沢になった。そのことは床柱のタコ八も気がついていて、タツ婆さんも随分優しくなったものだと関心したそうだ。しかし、仏壇のゴン六からそのことを聞いて、最初は信じられなかったという」

床下の話しを漏れ聞くタツ婆さんには、一体誰がそんな話しをしているのか心当たりが全くなかった。なぜなら、床下に住んでいるのはノラ猫のタマとミケだけだからである。ノラ猫といっても二匹とも元は耕助爺さんが可愛がっていた飼い猫で、耕助爺さんが死んでから、タツ婆さんが床下へ追放した、いや二匹の猫をタツ婆さんが保健所へ連れて行こうとしているのを床柱のタコ八に警告されて、自発的に逃げたと言った方が適切かもしれない。逃げたのになぜこの家に居ついているかというと、タマもミケもタツが肥料に使うため庭においた木箱に捨てる残飯が目当てなのである。もちろん生まれた頃から住んでいるこの家が二匹の猫にとって最も住みごこちがいいことは間違いない。

タツは考えた。〈もしかしたら今床下から漏れてきた会話はタマとミケが話しをしているのではないか〉と。叉、床下の声がまた話し始めた。

「タツの泣き声だけ聞いてるんじゃ、つまらないから、縁側へ出てその姿を見て笑ってやろうぜ」

さあこれは床下の二人が何者かを確認するいいチャンスだとタツは考えた。タツは縁側の床下から出てきてこの座敷を覗くであろう、謎の二人に目を凝らして待ち受けた。〈さあ、見てやるぞ〉とタツが身構えていると、二つの小さな頭が現れた。やはり猫の頭である。そして、縁側の向こうの梅の木の水平に伸びた幹にデブでブチのタマと、ヤセで三毛のミケが二匹並んで座り、こちらを見ている。そしてタツが狸であることを確認するとまた話し始めた。

「おい、見れよ。タツ婆さんやっぱり狸になってるぜ。ああはなりたくないものだ。いくら人間だと威張っていても、ああなっちゃあお終いだ」

「狸じゃあなあ。おい、この辺りは俺達の他にもノラ猫やノラ犬もいるから、タツ狸の奴、これから苛められるぜ。可愛そうに耕助爺さんを殺した罰が当たったのさ」

「そうだノラ犬のハチ公はいつもタツの悪口を言っていたから、これは一波乱ありそうだぜ」

〈やはりあの二匹〉とタツは思った。と同時に自分が動物の言葉を理解できるようになっていることに気がついた。二匹はまた話し始める。

「おい、タマ。しかしタツ狸どうも普通の狸とは違うぜ。何か変だな」

「ほらっ、尻尾見れよ」

「タマ、お前の尻尾みたいに見事なストライプが入ってるぜ。それに随分太いぜ」

「どうもこれは日本の狸じゃないぜ。西洋狸ではないか」

「北アメリカにラックーンと呼ばれる狸がいるそうだ。日本ではアライグマと言うそうだ。耕助爺さんが元気だった頃、動物図鑑を開いて見せてくれたことがある。あれは間違いない。アライグマだ。それにあの爪を見れよ。あの鋭さはマヌケな日本狸のものではない。あの見事な爪の反りは、木にのぼる為のもので、アライグマ特有のものだ」

「そうすると、タツ狸は木登りが得意なのか。それじゃあ、俺達猫にとっては強敵ということになる」

「そういうことだ。今までのタツ婆さんなら、俺達が木に登ってしまえば、下で地たんだ踏んでくやしがっていただけだが、これからは木の上に登って来るぜ、用心用心。これからはとにかく床下に逃げることだ。あの体の大きさなら絶対に床下の穴を抜けることはできないからな」

　タツは言いことを聞いたと思った。

「そうだ！こいつらを追いかけてやれ。木に登れるのだから」

と考えた。タツの行動は早かった。いきなりドドッと座敷を飛び出した。しかしまだ四つ足で走ることに慣れていない。縁側と座敷の敷居に躓いて、縁側から前のめりに墜落してしまった。そして、庭の敷石に鼻を打つけてしまった。

「あっ！　痛い」

と右手でその鼻をいつものように擦ると、

「しまった」

　爪が傷口に食い込んでいる。〈そうだ、もう自分は人間ではなくなってしまっているのだ。むやみに顔を擦ってはいけない〉と思った。タマとミケはいつもなら、梅の木の一番上の枝へ逃げるのに、今日に限って一目散に縁の下の穴へ向かって逃げていく。

「ようし、今日は必ず捕まえてやる」

とタツが追いかけると、ヤセのミケはすんなりと穴を抜けたが、タマは少し太めだから尻が引っかかり、焦りも手伝って、尻がヒクヒクと麻痺して硬直している。そして何度も地面を後ろ足で蹴り上げ土煙を上げるが、焦れば焦るほど尻がヒクヒクと硬直している。

「さあ。チャンスだ」

とタツが左の手を思いっきり振り回したら、その瞬間タマの尻がすっぽ抜けて床下へ逃げ込んでしまった。

「全く悪運の強い奴らだ」

とタツは半ば関心しながらも、その穴から手を入れて左右に振り回したが何の手応えもなかった。

「あの二匹め、あたいが床下に住むのを見逃してやっていることの恩も忘れて、とんでもないことを言いやがる。ただじゃあ、すまんぞ。覚えてやがれ」

と振り向いて座敷に戻ろうしたら、今まで二匹の猫が座っていた梅の木が目に入った。

「そうだ。あの二匹、あたいが木登りが得意だから、気をつけろ、などとぬかしていたな、あたい本当に木登りができるのかしら」

とその梅の木の下へ行った。右手の爪を根元に引っかけてみた。何と素晴らしい安定感であろう。力を入れて木にしがみつかなくても、爪が自然と支えてくれる。これなら、いくらでも登って行けそうである。そう思うと、木のてっぺんまで登りたくなった。

「よいしょ、よいしょ」

と登って行くとあっという間に一番上の枝まで来てしまった。

「これは梅の実を採るのに便利だわい」

と暫く木の上からの眺望を楽しんだ。そしてもう薄暗くなってきた東の空に月が出てきたので、家へ戻ろうと木を降り始めた時である。爪が木に引っかかり、うまく降りることができない。これは困った、どうもうまくいかない。後ろ足の爪が木に食い込んでしまうのである。降りる時一旦登る方向に爪を抜いてから、木の下の方に爪を掻け直さなくてはならない。これは厄介である。どうもこの尻を下にして、そろりそろりと降りる格好は下から見ると不格好である。タツは〈こんな格好は人には見られたくないものだ〉と思った。例の床下の穴からいつの間にでてきたのか、タマとミケが縁側にチョコンと座ってこちらを見ている。そしてタツをからかい始めた。

「お〜い。タツ婆さん知らなかったのかい。アライグマは木を登るのは得意でも、木を降りるのは不得意なんだよ。全くなんだいそのみっともない格好は。耕助爺さんが見たら泣くぜ」

「うるせえ！　おめえら。あたいが何であの穴をふさがないでおいたか知ってるのか。おめえらの住む所を確保してあげたのではないか。それにいつも残飯を食べさせてもらってるくせに、何だ！　その態度は、この恩知らずめ。おめえら、見てろ今度はその穴をふさいでやるからな！　待ってろ」

「何言ってんだよ、タツ婆さん。あんたは俺達を可愛がってくれていた耕助爺さんを殺して、たんまり保険金を手にしたはずじゃないか。その割には耕助爺さんが死んでからの飯の不味さと言ったら、まるで口が曲がりそうだぜ。何で爺さん死んだら急に粗食になったんだよ。てめえの寿命ばかり考えてコレステロール値と血圧を下げて耕助爺さんみたいにならないようにとの魂胆なんだな。俺達はわかっているぜ」

「うるせえ！　てめえら何の証拠があってそんなこと言いやがる、俺が亭主を殺すはずないだろうが。てめえの亭主殺して何の得になる」

「タツ婆さん、本当にそうかどうか頭に手を当てて考えてみれよ。仏壇のゴン六はお前が毎日何を祈っているか全部知っているんだぜ」

頭に手を当ててたタツ狸の顔に少し焦りの表情が見えた。鼻の両脇のストライプがヒクヒクと引きつった。そして、逆上した。

「うるせえ！　てめえら。今そこに降りて行ってみんなやっつけてやる。待ってろよ」

タツはぎこちなく前足と後足を交互に下へ降ろして木から降りようとするのだが、どうも馴れないせいか、時々左右の前足と後足が同時に下がったり、全く秩序というものがない。そういうチグハグな足の運びになる度に縁側のタマとミケが、

「おい。見れよ。全く見てられないぜ。あの世で耕助が泣くから、もうそんな格好やめろよ」と腹を抱えて笑っている。デブのタマがやおら立ち上がると狸囃子よろしく前足で交互にポンポコと腹を叩いている。

「やーい。タツ婆さん、悔しかったら降りてこい」

とはやしたてている。タツは焦っていた。何とかもう少し早く降りることはできないものかと。さっきから狸の大きな尻尾が邪魔になって降りづらかったのだが、逆に尻尾のバランスをうまくとってやると、すんなりと降りることができることに気がついた。尻尾を交互に振りながら降り、やっと梅の木の中程まで来た。その時縁側の二匹を見ると、タマについでヤセのミケまで狸囃子をしている。タマが言う。

「お〜い。タツ婆、俺達、四つ足が急いで木を降りる時は、そんな降り方しないんだよ。教えてやろうか、その早く降りる方法を。尻を下にしていては駄目だ。頭を下にして後ろ足で木を蹴って降りるんだ」

タツはなるほどと思った。頭を下にして降りる。そうだ、それなら早く地面へ降りる事ができる。

「やってみよう」

タツは話しに乗った。ちょうど枝の二股の所にさしかかった。ようし、此処の二股を利用して方向転換してやろう。「ヨイショ」とまず前足を二股の一方に掛けた。そして次に後ろ足をもう一方の枝に掛け、ソロリソロリと頭を下に、尻が上になるように方向を変えた。

「何んだ、たいして難しくないじゃないか。四つ足というのはうまくできているものだ」

と関心していると頭がまっすぐに下を向いた。

「さあ。あの二匹、此処から一気に降りて捕まえてやるぞ」

と後ろ足に少し力を入れた。と、その瞬間、前足と後ろ足がズルズルと滑り始めた。

「しまった」

と足を止めようと爪を立てるが、止まらない。爪は樹皮に刺さるどころか、かえってその上を滑っていく。気がつくと鼻をしこたま地面に打つけていた。腰も打ったのだろうか腰骨が痛む。

「くっそー。あいつらまた騙しやがったな」

と縁側の二匹を見ると、既に姿を隠していた。縁側の下の穴を見るとやはりタマが穴に尻を詰まらせてヒクヒクと尻を痙攣させている。

「この、野郎。捕まえてやる」

と腰を上げた時「スッポン」とタマの尻が穴の中に消えた。

「あいつら、俺をのせやがって。恩知らずめ。もう残飯はやらねえ」

と復讐を誓った。

「ああっ。腹が空いた」

もう暗くなってしまった。なのに随分良く見える。さすが狸は夜行性である。

「何か食べよう」

と縁側から台所へ行き、冷蔵庫を開けようとした。

しかし、冷蔵庫のとってに手が届かない。思いきっり背伸びして手を伸ばしたが、やはり届かない。そうだ米びつに乗ってみよう。「ヨイショ」と跳ねたら簡単に米びつに乗ることができた。狸の跳躍力は大したものである。しかしそこから手を伸ばしたが、狸の短い手ではやはり届かない。えい、面倒くさい米びつの米を食べよう。人間の時より、歯は丈夫になっているはずだから、生米でも食べられる筈である。

下に飛び降りて、米びつの取っ手に全体重をかけると、米が流れ出てきた。〈さあ、これでご飯にありつける〉と米粒を手で集めた。ところが、米びつの下に近所の後家仲間にもらったさつま芋があることに気がついた。〈もう米などどうでもいい〉と、さつま芋の入った紙袋に手を伸ばした。一体何が起きたのだろう。何か空白の時間を過ぎ去ったかのような錯覚を覚えた。いや、錯覚ではなくて、実際に時間が過ぎたのだ。その間タツは一体自分が何をしていたのかわからなかった。「ハッ」と気がつくと何とそのさつま芋をバケツの水でチャプチャプ洗っているのではないか、タツは我に帰ってその姿を居間と台所の境にある硝子戸に映してみた。まぎれもなく芋を洗う狸である。タツは自ら意識してそうしたのではない。これをパブロフの犬というのだろうか。条件反射でそうしてしまった。台所の窓から差し込む月の明かりに尻尾のストライプが輝いている。

「ああ、あたいはなんて格好になってしまったんだ」

とこんな身上を嘆きながら、また条件反射でさつま芋をかじった。

「うまいっ！」

生の芋がこんなにうまいものだとは知らなかった。あまりのうまさにボリボリとかじっているると、何かが口からポタンと床に落ちてしまった。まさかと思いながら、外れて床に落ちたものを見ると、何と狸の歯形をした入れ歯ではないか。

「父さんこれはあんまりだ」

とその月明かりに浮かび上がる狸の入れ歯をしげしげ見つめて、また涙ぐんでしまった。その入れ歯を元に戻そうと床に口をあて、うまく口にはめようと頑張るがうまくいかない。今度は狸の器用な手で歯を戻そうとするが、そのうち眠くなってしまい、台所の片隅にその長い尻尾に見を包むようにして眠ってしまった。

また、話し声で目が覚めたのは夜半である。

今度は米びつの裏から話し声が聞こえる。しかしその声はタマとミケの声よりも少しかん高い。

「お～い、チュー太、知ってるかい。タツ婆さん西洋狸になってしまったそうだ。さっきタマとミケが話しているのを聞いたけど、まさか本当にあんな姿になっているとは」

「お〜い、チュー太、そっとしておこうぜ。俺達はタツ婆さんのおかげでここまで生き延びることができたのだから」

「全くその通りだ。タツ婆さんがタマとミケをこの家から追い出してくれたから、俺達は天井で我が世の春を謳歌していられるんだもんな。耕助爺さんが元気だった頃はそれは大変だった。あいつら我もの顔で天井に上がってきて、俺達を待ち伏せしやがった。特にミケの残虐非道ぶりと言ったらなかったぜ。あいつに殺されたチュー吉の時あれは酷かった。あれじゃあ、人権、いやチュー権もへったくれもなかったようなもんだ。さっさと息の根を止めてやるのが武士の情けというものだが、ミケの奴は満身創痍のチュー吉を散々もて遊んでじゃれていた。全く仲間が目の前でなぶり殺しにされるのを、見せられることほど辛いことはない。チュー吉が手足をもがれるようにして殺されてから、奴の家族の悲惨さといったらなかった。そうだろう、チュー太」

「そうだ。奥さんのクララは幼い子供を五匹も連れてこの家を出て行った。その後、音さたない。亭主を亡くした家庭なんてそんなものさ。この家にいたってミケとタマになぶり殺しにされるかも知れないもの。出て行くのは当然さ」

「でもクララももう少し辛抱すれば良かったと思う。あと一週間もすれば耕助爺さんが死んであの悪徳猫は床下へ追いやられたのだから」

「クララは可愛そうだった」

「そう言えばこの間、駅裏の下水槽にクララに良く似たどざえもんが浮いていたという話しを聞いたけれど。もしかしたら本当にクララかも知れない」

「今となっては、クララでなかったことを祈るだけだね」

「人（チュー）生とは皮肉なものさ。あと一週間辛抱するかどうかで、こんなにも運命が変わってしまうのだから」

「まったくさ。俺達だって、あの二匹の猫のせいで、どんなに危ない目にあったか。血の日曜日事件を知ってるだろう」

「ああ。あの耕助爺さんとタツ婆さんが温泉に行ってしまった日だろう。タマとミケを殺そうとする俺達の作戦が失敗した。一体何匹の仲間が殺された事か」

「全くだ。あの時は歴戦の修羅場をくぐり抜けてきた耕助爺さんですら目をそむけた。それは凄惨だった。居間と台所のありとあらゆる所に内臓が飛びでたり、頭の契れたネズミの死体が転がっていた。尻尾だけの死体もあった。あの時は十六匹のネズミが一晩で殺された。居間や台所をネズミの死体で汚したと言って、耕助爺さんがミケやタマを叱りつけたぐらいだ。しかしあの時の叱り方はネズミは捕ってもいいが、部屋は汚すなという意味で、耕助爺さんは俺達にとって悪魔に等しい存在だったといえる」

「でも、タマとミケにとって耕助爺さんは神様だった訳だ」

あの時の作戦は、耕助爺さんが俺達を殺そうと仕掛けた猫入らずを猫の餌に混ぜてあの二匹に喰わして殺してしまおうという作戦だったが、あいつらの狡猾さには全く歯が立たなかった。我々の作戦が甘かった。あの頃俺達の全滅は時間の問題と見られていた」

「そうそれを救ってくれたのが、耕助爺さんの死後、二匹の猫を床下に追いやってくれたタツ婆さんだ」

「それがアライグマにされてしまった、可愛そうに。今こそ恩返ししなくてはならないんじゃないか」

「そうだとも。助けてやろうぜ」

「おい、見ろよ。米びつから米がこぼれているぜ」

「本当だ。一体どうしたんだろう。記帳面なタツ婆さんにしてはだらしないな」

「こぼれているのだから、食べてもいいという事のようだ」

「おい。あそこにあるのはなんだ」

「見に行こう」

「これは入れ歯だぜ。しかも狸のだ」

その時タツ婆の呻き声が聞こえた。

「お前達、そんなにあたいのことを思ってくれているのなら、その入れ歯を私の口にはめておくれ」

「うん。タツ婆さん、待ってろよ」

と二匹のネズミはその入れ歯をタツ婆さんの寝ている食器棚の下に運び、タツが言う通りに口にはめてあげた。

「お前達ありがとうよ。これであたいは飢え死にせずに、すみそうだ。本当にありがとう。あたいは死ぬかと思ったよ」

「なあに婆さん大したことないさ。俺達は婆さんのおかげで生き延びたのだから」

とチュー助が言った。

耕助爺さんと同じようにタツはネズミを嫌っていた。だから、血の日曜日事件の時、散乱するネズミ達と死体を見て彼女は耕助爺さんと同じように歓喜したのである。タツがミケとタマを褒めたたえたのは後にも先にもこの時だけである。なのに今ネズミが自分を助けようとしている。タツは不思議な気持ちに襲われていた。そう思いながら、タツは叉眠りについた。翌朝目を覚ますと尻尾を丸めて寝ている。その上にタオルがあった。ネズミ達がかけてくれたのであろう。

爽やかな朝日のもと、もう一度我身を鏡の前に映す。もしかしたら、自分が狸になってしまったのは夢だったのかも知れないと思ったからである。〈もう人間に戻ったのかも知れない〉とも考えた。しかし無駄であった。

ああ、今日一日どうしよう。昨日の出来事があった庭へ降りてみた。やはり昨日の出来事を裏付けるように梅の木にアライグマの爪の跡がついている。朝日が眩しい。更地の向こうのマンションの陰から太陽が照りだしてきた。〈そうだ。いつものように耕助爺さんの仏壇に参らなくては〉そう思い仏壇の前に来た。そしていつものように、いや今日は少し違う。

「父さん助けてくれよ。こんな姿になってしまって。本当のことを言うよ。そうなんだ。確かにあたいは父さんを殺そうとした。でもそれは最初だけなんだ。ごめんね父さん。でも父さんが「美味しい」と言ってごちそうを食べたものだから、ついつい身体に悪いとわかっていながら、毎日食事に出してしまった。まさか本当に死んでしまうとは思っていなかったんだよ。あの日は夫婦喧嘩して父さんとは話しもしたくなかった。だって、老人会ダンスパーティーで私より田辺の婆さんばかり大切にするものだから、あたい頭に来てついついやっちゃたんだ。許してくれよ、父さん。仏壇のゴン六が何を言ったか知れないけれど、それは嘘だよ」

一匹のアライグマが仏壇の前で二本の後ろ足を前に尻尾を畳の上に真っ直ぐに伸ばし、短い前足を鼻先の前で合わせ、ただひたすら上体を前屈みに、何度も前屈みにして拝んでいる。仏壇の前のアライグマはすごすごと縁側へ向かった。梅の木にはいつ飛んできたのであろうか、季節外れの鴬が「ホーケケ、ホーケケ」と調子外れに鳴いている。

「畜生、音痴の鴬まであたいを馬鹿にしている」

といじけてしまった。

「そうだ。あの穴をふさごう」

と思った。そして縁側の下に降りた。近くの棒切れを拾ってきて、穴に差し込んでみた。〈うん。これはうまい具合にはまりそうだ〉「オイショ」と押すと向こう側から押し返してくる。

「こん畜生」

とばかりに押すが二匹のノラ猫の力は侮れない。そんな押しくらまんじゅうを暫く続けた。

「おい！タツ婆！」

後ろから突然ドスの効いた声が響いた。振り返ると、花壇の手前に今はノラ犬になってしまったハチ公が四つ足をふんばり、耳を立て歯をむき出している。犬歯の下の赤黒く変色した歯ぐきの肉はだらしなく垂れ、ドクンドクンと脈うっている。

「ハチ、お前もう保健所に捕まってあの世へ行ったと思ったら、まだ生きてやがったな。悪運の強い奴だ」

「残念だったな。タツ婆。俺はこの日が来るのを待っていたんだ。さあ、婆さん死んでもらうぜ。今までの怨みを晴らしてくれる」

ハチ公は後ろ足に力を込め、身体の半分程腰を引くとタツに飛びかかろうとした。タツは手にした棒切れを投げ捨てると、一目散に梅の木に登った。木登りは得意である。

「さあ、どうだ。ハチ、此処までは来れまい。お前は犬だから木登りは無理だろう。悔しかったらその牙で登って来い」

と木の一番上の枝に登ると、やおら立ち上がり、本当の狸囃子を披露した。

「ポンポコ、ポンポコ、ポンポコポン」

　腹に響く快音は確かに本物である。ミケとタマの狸囃子など足元に及ばない。ハチは地団駄踏んでくやしがっている。

「タツ婆、殺して喰ってやるからな、見ていろ。いつまでもそこにいろ。俺は此処で待たせてもらうぜ」

とハチ公は梅の木の下に腰を降ろすと、持久戦に持ち込むつもりである。

「耕助爺さんにダンボール箱の中の捨て犬だったのを拾われたのはもう十三年も前だ。歳をとって俺も気が長くなったぜ。それもこれも全てお前の虐めのせいだ。そこにあった犬小屋の裏では、よくも俺の頭を焼け火箸で叩いてくれたな。お前は耕助爺さんと夫婦喧嘩をする度に俺に八つ当たりしていた。おかげで俺の身体にはお前に叩かれたケロイド跡がそのまま残っているぜ」

と背中を見せる。焼火箸で焼かれた跡がケロイドになって、いくつも残っている。床下から騒ぎを聞きつけて二匹の猫が出てきた。そして縁側にチョコンと座っている。あのネズミ殺しの修羅場を何回も見てきているこの二匹でさえ、ハチ公の背中のみみず腫れを見た時、顔をそむけた。それほど惨い傷跡である。ハチ公が続ける。

「おい。タツ。おめえは俺を耕助爺さんに内緒で、高校の解剖実験に提供しようとしたな。あの頃は未だ三歳の若増だったから、餌につられて学生服の三人連れの後をついていった。

しかし、何か様子が変だから、すぐ実験室から逃げ出した。そして命を取り留めた。その俺の替わりに犠牲になったのは俺の愛人だったヨネコだ。全くおめえは本当の悪だぜ。彼女は麻酔薬で眠らされて解剖され、身体をバラバラにされて、なにも知らずに死んでいった。俺は高校の裏の苺畑に埋められるヨネコをラズベリーの垣根の下にうずくまって見ていた。あの時は涙が止まらなかったぜ。あれを思い出す度にタッ、今こうやっておめえを殺せるこの俺は幸せものだと思うぜ。さあ、さっさと降りてきて、潔く俺の牙にかかれ。なあに、苦しませるようなことはしねえ。すぐにあの世に行かせてやるぜ」

「うるせえー！　ハチ。何だかかんだ言ったって。おめーを大きくしたのはこの俺ではないか。その恩も忘れて俺を殺そうとは、全くお前もあそこの猫も恩知らずな奴らだ。これでもくらえ」

とばかりにタッ狸はやおら立ち上がると小便を始めた。少し黄色みがかった生温かそうな液体が綺麗な放物線を描いて落下した。そしてハチ公の耳の後ろに「ビシャ」とかかった。

「こっ、この野郎タッ婆、もう許さねえ！絶対に殺してやる」

ハチ公は目を逆立てると、耳を後ろの方にピントたて、勢いよく梅の木に体当たりした。身体の大きなハチ公の体当たりで梅の木がぐらりと揺れる。

「オットットット！」

タッ狸は足を踏み外しズルズルと落ちそうになった。狸囃子などしている場合ではない。

木から落ちそうなタツ狸を見た二匹の猫はニタリとしたが、どっこいタツ狸は前足の鋭い爪を梅の木の枝に引っかけぶら下がっている。

「ようし、もう一度」

とばかりに梅の木に体当たりする。梅の木が大きく揺れるがそれでもタツ狸はぶら下がっている。

「タツ婆、いい格好しているぜ。全く耕助爺さんが見たら泣くぜ。おい、その太い尻尾で尻の穴を隠せ、ババアのケツなど見たくもねえ」

「うるせえー！　てめーら、あたいのヒップがそんなに見たいか。このスケベ野郎。見られてたまるか。あたいの尻は耕助爺さんにしか見せたことないのだからね」

「見られるも何も、丸見えだぜ」

「見たけりゃあー、見ろ。このスケベ」

二匹の猫が、

「ババア、いつもお前に追い回されて木に登る俺達の気持ちがわかったか。頼むから尻尾でそのケツを隠してくれ。目が腐るじゃねえか」

縁側の二匹の猫は両手を目に当てて目隠ししている。この世の最も醜いものを見てしまったという具合である。

「タツ婆！　ババパンツくらいはけよ」

そうこうしているうちに、タツ狸はぶら下がっている腕が疲れてきた。「オイショ」と懸垂すると楽に元の枝に戻ることができた。さすが、狸の腕だとタツは関心した。

さて、タツのその窮状をじっと見ていたのは屋根裏のネズミ達である。チュー助とチュー太は決断した。屋根裏のネズミ社会を守る為にタツ婆さんを救うことにしたのである。作戦は発動された。と言ってもネズミが猫や犬とまともに勝負しても勝てるはずがない。そこで、猫とハチ公の気を外らして、その間にタツ狸を救おうというのである。縁側に座る二匹の猫の前を一匹のネズミが走り抜けた。さあ、これはもう猫の本能である。ドーッと二匹の猫がネズミの後を追う。理由はない本能である。

そしてハチ公の前に一匹のネズミが立ちはだかった。ハチ公にはこのネズミが自分に挑戦しているように思えた。それほどこのネズミは堂々と挑発的に〝さあー掛かって来い〟というポーズをとっているのである。

「おい、ハチ。久しぶりだったな。覚えているだろう。お前に酷い目に合わされた、ネズミのチュー助だ」

ネズミが見栄を切った。

「てめー、まだ生きていたのか、往生ぎわの悪い奴だ」

「おめー、俺をドブに突き落として、それでネズミが死ぬとでも思っているのかよ。俺はこう見えても、もとはと言えばドブネズミの血が混じっているんだ。一時間は潜って入られるぜ」

「馬鹿言え。俺はオメーとさしで勝負しようとは思わねえ。テメーみたいな小物を本気で追っかけては俺の格が落ちるというものだ。大目に見てやったのだ。有り難く思え。この死に損ないのドブネズミめ」

「ほう、ハチ公、それじゃあ、此処で勝負つけようじゃないか。どちらが死ぬか一騎打ちだぜ」

「馬鹿いうんじゃねえよ。俺はお前を一噛みで殺せるけど、お前がどんなに俺に噛みついても俺を殺すことはできねえんだぞ、それとわかっていても勝負する気かよ」

庭の中では梅の木を中心にして二匹の猫と一匹のネズミが追いかけっこしている。

「おい。ハチ公。そんなに自信があるなら試してみれよ。おめーみたいな、飼い犬くずれに殺られるほど俺は柔じゃあねえぜ」

「飼い犬くずれ」

という言葉にハチ公はコンプレックスを持っている。

「そうか。チュー助そんなに死にたいか〜」

言い終わらないうちにハチ公は突進していた。普通のネズミなら此処で逃げてしまうのだが、チュー助は大様に構えている。ハチ公がその前足でチュー助を弾じき飛ばそうとしたときである。チュー助が身体を一振るいすると、何か粉のようなものがチュー助の周りを漂った。次の瞬間ハチ公は前足で鼻を何度も何度も擦りつけ「キャンキャン」と哭いている。胡椒の粉である。チュー助は胡椒の粉をあらかじめ身体にまぶして、ハチ公が突進してくるのを待って粉を振りまいたのである。ハチ公はまるで飼い犬のような呻き声を上げてのたうち廻っている。

梅の木の上で一部終始見ていたタツ狸はドサッと飛び降り、そのままドタドタと縁側に駆け上がり引戸をピシッと閉じたが、その時その大きな尻尾がまだ戸口に残っているのを忘れ、尻尾を挟んでしまった。

「あっ！　痛って！」

と尻尾を引っ込めると、もう一度戸を締め直した。既にハチ公は闘争心を失っているから別に急いで家に帰る必要はないのだが、ハチ公の片耳はちぎれ、鼻の穴の片方もちぎれて裂けたあの形相が恐怖させた。木の上から大胆にもおしっこをかけたのはわざとではない。ただ恐怖のあまりお漏らししてしまったのである。座敷に戻ったタツ狸は仏壇のゴン六の前にペタンとかがみ込んだ。しかし、暫く心臓の大きな鼓動のため身動き一つ取れなかった。

「何であたいがこんな目に合わなくてはならないんだ。あたいはそんなにみんなの嫌われものだったのかい。そりゃあたいは動物は嫌いさ。あんなものなにが可愛いものか。汚くて臭くてろくなもんじゃない。だから毛嫌いしていたことは確かさ。でもわざと虐めてやったということはない。それを何だあいつら、一方的にあたいが悪いなんて。解剖実験の時だって、近くの高校生が野良犬がいないかと言うから、ちょうどいいと思って、ハチ公を連れてってもらった。暫くしたら、また学生が来てハチ公が逃げたというから、代わりにハチ公の犬小屋で寝ていたヨネコを連れて行ってもらった。あたいだってまさかあの学生が犬を解剖実験に使うなんて知らなかったのさ。あたいが悪いんじゃないわ。ヨネコはそうなってしまう運命だったのよ。仕方なかったのさ」

心臓の鼓動が治まり、顔を上げたタツ狸は耕助爺さんの位牌をぼんやり見つめていた。やつれたアライグマに突然仏壇から声が響いた。

「おい！　タツ！」

「ああっ！　この声は」

タツはびっくりして、また腰を抜かしてしまった。足に力が入らない。その声はまぎれもなく耕助爺さんの声である。

「おい！　タツ！」

同じ声が繰り返される。

「お前はいつもそうだ。自分の行動が辺りにどうとられるか考えないで行動するから、こんなことになる。俺はいつもお前のそんなところに悩まされてきた。まあ、今更気をつけろと言ってもそれは無理だろう。今までの悪事が償われる訳でもない。まあ、いい。そのことはどうでもいい」

「そうだ父さん、いまさらあたいの性格が変わるはずない」

「ところでタツ、もうこの家は息子に譲れ。そして、息子の言うとおり、退去に応じてマンション建設に協力しろ。この家が立ち退かないと町内会の仲間が迷惑する。わかったな！　タツ」

「でもこの家は父さんとあたいが苦労して建てた家だよ。覚えているだろう。父さんと二人であたいの実家まで行って、背中に米を背負って帰ってきたのを。最初はおっかなびっくり近所に売って歩いたね。あたいはこの家で子供を産んで、そして育てたんだよ。庭の梅の木はこの家の新築祝いの時、植えたものだし。玄関の引き戸にも床柱の傷にも父さんと子供達の思い出がいっぱい残っているんだよ。そうだ、父さん。床柱の傷は夫婦喧嘩の時父さんがつけたものだ。父さんはあの時あたいが内職で和裁をするのがけしからんと言って、たち板をチェンソーで切り刻んだね。その時、間違って床柱まで切ってしまったものだろう。父さん、この家を壊す位なら、あたいを殺して父さんの所へ連れて行ってくれよ」

「タツ、たったお前一人の思い出のために、近所の人達がみんな迷惑しているのだぞ。お前の思い出を守るために、息子や近所の人達の新居の夢を奪ってもよいということにはなるまい。そういうのを個人主義と言って、戦後アメリカが日本に持ち込んだ一番悪い思想だ。お前だってその歳で、一軒家を維持するのは大変だろう。俺はお前の為を思って言ってるのだぞ。息子に相談していい条件で立ち退くことにしろ」

「嫌だ！　父さん。あたいは絶対嫌だ」

「タツ、お前はまた俺に逆らうのか」

「言うこと聞かないからって、またあたいを打つのかい。そうならそうしてくれよ。父さんが死んでから、あたいには喧嘩する相手もいなくなってしまった。だからついついタマとミケに八つ当たりしてしまって。夫婦喧嘩も今となっては懐かしいよ」

「タツ、俺はもう仏様になったから、暴力を振るうなどという野蛮なことはしない。その代わり、言うこと聞かないと人間に戻してあげないぞ。俺の言うことを聞きたくないならずっと狸のままでいろ。そのうちハチ公に喰われてしまうぞ」

「父さん、それはあんまりだ。人間に戻してくれよ。父さんどこにいるんだい。あたいには見えないよ。父さんの言うことはわかったよ。息子に言って家を処分してもらうよ。父さん……」

タツはもう言葉にならない。

「ウーウー」

と涙が止めどなく流れている。老いたタヌキの目の周りの黒いクマは涙でグッショリと濡れている。

「父さん、早くあたいも父さんの所へ連れて行っておくれよ。あたいはもう嫌だよ、こんな一人暮らしは。立ち退かないものだから、町内会のお付き合いもなくなってしまった。今あたいの相手をしてくれるのはタマとミケだけさ。悲しいけれど」

「タツ、もういい。俺の言うことをそのまま実行すれ」

「わかったよ、父さん。でもこの格好じゃ、人に会うこともできないよ。何とか人間に戻しておくれよ」

「タツお前は本当に馬鹿だな。お前は狸なんだぞ。人間に化ければいいんだ。簡単なことだろう」

「そうだ！　父さんあたいは狸なんだ。人間に化ければいいんだ。ありがとう、父さん。本当にありがとう。あたいは父さんがいなくなって、初めて亭主がいることのありがたさがわかったよ。本当にあたいは馬鹿だったよ」

「それから、タツ。山形の鎌田の所への盆暮れの挨拶は欠かすなよ。鎌田は俺の命の恩人だ。俺がビルマ戦線から生き残って帰ってこれたのは、奴のおかげだ。敵機に追われて川に転落した俺を奴が命がけで助けてくれたから、お前と俺は結婚できたし子供も産まれた」

「わかったよ、父さん。鎌田さんには手紙を書くから人間の身体に戻しておくれよ。今人間に化けるから、父さん見ててておくれよ」

タツが「それっ」とばかりに気合いを入れようとしたときである。縁側の引き戸がバタンと大きな音を起てて倒れた。そしてその向こうにハチ公が牙をむいている。目は怒りに血走り、耳は後ろに伏せられている。年老いた歯は臼歯はすべて抜け落ち牙だけしか残っていない。大きく裂けた口の両端から唾とも血ともつかない液体が滴り落ちている。

耕助爺さんとの話しに夢中でハチ公が気を取り直したのに気がつかなかった。一歩二歩とハチ公はタツに迫る。タツは金縛りにあったように身動きができなくなった。まるで蛇に睨まれたネズミのようである。

「タツ急げ、何をしている。早く人間に化けろ」

と耕助爺さんが叫ぶ。タツは「エイ！」っと気合いを入れた。しかし何も変わらない。その時耕助爺さんが絶叫した。

「逃げろ！　タツ！　お前は狸ではないんだ。アライグマはアライグマ科といって、犬科の狸とは違うんだ！　忘れてた」

「エエーッ！　それじゃあ、あたいは人間に戻れないのかい。そんなあ」

タツは絶句してしまった。ハチ公が目の前に迫った。「殺される」という恐怖だけが全身を包み込んだ。ハチ公がジャンプした。タツは「ゲエッ！」と声にならない悲鳴を上げた。

その時タツは夢から醒めた。手で額を拭うとジットリと冷や汗をかいている。

「ああー。夢だったのか。それにしてはリアルな夢だった」

布団から抜け出して仏壇へ行こうとしたが、立って歩けない。だから仏壇まで這っていった。正座しようとしたらできない。どうしても膝を前に出して、両手をチョコンと顎の前に出してしまう。

「ああー。すっかり狸の癖がしみついてしまった。アライグマが狸でないことを忘れるなんて、全く相変わらずドジな父さんなんだから。フフフ……」

とタツは苦笑いしていた。

居間で電話が鳴った。這っていって受話器を取ると長男からだった。

「母さんか、俺だ」

「うん。どうした」

「どうもしないけど心配になって。体の方は良くなったか」

「薬飲んだら良くなった。お前の方は」

「何とかやってるよ」

「どうした、朝早く電話よこして」

「今朝、父さんの夢を見た。でも変な夢だった」

「そうか、父さんの夢を見たか」

「父さん変なこと言ってたぞ」

「父さんなんて言ってた」

「母さん狸になったから助けてやれって」

「違う、狸でない。アライグマだ」

「えっ！　母さんアライグマになったのか」

「まさか！　冗談だ。父さんまた馬鹿なこと言ってる」

「父さん死んでから、もう五年も経ったんだな」

「うんそうだ。生きていたら七十八だ」

「母さんはいくつになった」

「母さんももう七十六だ」

「ダンスの方はうまくなったのか」

「うん。小山さんと一緒に通っている」

「母さん達は若いころ遊べなかったから、その分今楽しめばいい。今度の連休に子供たち連れて行くから。体に気をつけてな」

「うん。連休にご馳走作って待ってるから孫達連れてきてくれ」

タツは受話器をゆっくり置くと庭に目をやった。いつものように更地の向こうのマンションの陰から朝日が差し込んでいる。縁側ではタマとミケがいつものように日向ぼっこをしていた。

吾輩後記

1　「吾輩は猫ではない、宇宙人である」について

吾輩（安濃）は夏目漱石から数えて五代目の弟子に当たる。その系譜は以下の通りである。夏目漱石→寺田寅彦→中谷宇吉郎→黒岩大助→安濃豊。

漱石の代表作である「吾輩は猫である」の作中に登場する「一高生　寒月君」とは学生時代の寺田寅彦がモデルであることを、吾輩は直接の恩師である黒岩先生から聞いた。また、寺田先生も中谷先生も随筆家として著名であるが、中谷先生は「僕は小説を書けない。漱石先生のように小説を書きたいのだが、書くことが出来ない」と黒岩先生に吐露していたとも聞いた。

「中谷先生はね、じつは小説コンプレックスを持っていたのですよ」と吾輩に打ち明けてくれた。

今回、漱石先生にならって猫を書くことになったが、それは意図してそうしたわけではない。ただ、なんとなくキーボードを叩きだし、自動書記のように書き進んでしまった。まるで漱石先生と中谷先生の霊が吾輩の右手に乗りうつったかのように、書き進んだ。執筆当初は中谷先生の念いを代筆しているかのような感覚であった。

執筆開始から、上梓まで一年以上かかってしまったが、何故か不思議なことに、後半にな

ると本書内容に合わせるかのようにＬＧＢＴスキャンダルが二件報道されるようになった。これも霊の仕業であろうか、因縁を感じる。

今回は第一話として書いた。もちろんサンケネコの冒険はさらに続く予定で、第二話として継続させたいところであるが、続編を出せるかどうかは本の売り上げにかかっており、実現できるかどうか不明である。今のところ「乞う御期待」としか言い様がない。

上梓にあたって、まずは上記四名の歴代師匠に感謝の意を表しなくてはならない。つぎに、不発に終わる可能性が極めて高いにもかかわらず、出版を許可してくださった展転社の荒岩宏奨社長、猫に関する貴重な意見をいただいた同じく展転社の荒木紫帆女史に謝意を表したい。なんと両人とも猫好きであることが判明した瞬間であった。

作中に登場する名称について下記の方々の名を使用させていただいたので、此処に謝意を表し、読者諸兄に紹介させていただく。

＊タカユキネコとルミネコの名称は、札幌市中央区南5条西4丁目9番地1バッカスビル4階「ライブハウス・スティングレー」の店主と従業員さんの名を使わせてもらった。ＱＲコードは「ライブハウス・スティングレー」のＨＰである。

＊アイドルネコ「モモ」の名称由来は都合により明らかに出来ないが、本文内にヒントを記しておいた。

＊ホモ・オカマネコ軍団の駐屯地点としては、札幌市中央区南9条西4丁目3―15「大衆酒場・マルヤ」を使わせていただいた。ＱＲコードは「大衆居酒屋・マルヤ」のＨＰである。

＊渡世人・貸元ネコの駐屯地としては札幌市中央区南11条西1丁目「セイコーマートながい店」を使わせていただいた。ＱＲコードは「セイコーマートながい店」のＨＰである。

＊幻のレズネコ駐屯地　札幌護国神社について

レズネコの駐屯地は中島公園南にある札幌護国神社境内を想定していたが、ＨＰをみると、ペットの持ち込みは禁止されているそうなので、取りやめとした。しかし、吾輩の講演会を3度も開いてもらった経緯があり、戦勝アジア解放論者であることは間違いない。近所のよしみもあるので此処に紹介しておく。読者諸兄におかれては札幌護国神社を参拝し、賽銭投与をお願いしたい。さすれば、英霊は喜ばれ、ネコ様たちも喜ぶことであろう。

２「デコイと兄弟」について

本作は一九九〇年北海道の同人誌「北方文芸」に掲載された。そして同年ＮＨＫラジオ「北の本棚」にて朗読された。朗読を担当されたのは女優の大橋栄子さんである。

当時、この番組の制作を担当した女性アナウンサーが三十二年後、二〇二二年四月二十三日、吾輩の東京講演会に来訪し、「自分がアナウンサーとして前枠紹介を担当した」と告げてくれた」。まさか三十二年前の担当者が目前に現れるとは、たいへん驚かされると同時に恐縮した。とうぜんのことながら、彼女には謝意を伝えた。

当時、吾輩はＮＨＫ第一放送から流れてきた「北の本棚」を録音したが、カセットテープの無音部分を巻き取ることを忘れたため、前枠の始まり部分を録音できなかった。しかし朗読は全収録できた。ＱＲコードはそのときの音声を吾輩がユーチューブにアップロードしたものである。

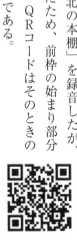

3 「狸ババア」について

本作は一九九一年、北方文芸に投稿すべく執筆したが、大手出版社の編集者に言わせると、「文豪が片手間に遊びで書いたような、ふざけた作品である」との評価で、まったく取り合ってくれなかった。

その著名なる編集者は作家「渡辺淳一」担当であり、北方文芸からは直木賞、北海道新聞文学賞、他各種文学賞受賞者を多数輩出していた。当然の如く、本作は没となり、日の目を見ることはなかったわけであるが、九四年に自費出版した『サッポロススキノ ロンリーガイ』に収録して世に出した。しかし、さっぱり売れなかったから、今回が事実上の初公開となる。

今にして思うに、「ペットを含めた家族愛」を描いたこの作品の価値を見いだせなかったあの編集者は「アホ」だったと思う。もうこの世にはいないと思うから言わせてもらうが。

その後、吾輩は此奴に嫌気がさして同人を出奔し、ラヂオに活路を見いだし「戦勝アジア解放論」を電波で訴えることになった。作家を目指した理由が「戦勝アジア解放論」を普及させ、日本人の自虐贖罪歴史観を根底から転覆させることが目的だったからだ。

「女との濡れ場を入れないと新人賞はもらえない」と主張する奴には辟易していた。渡辺淳一流のラブロマンス小説など吾輩にとっては糞食らえだった。

因みに

女流のベストセラー作家「まさきとしか（一九六五年三月三十一日〜）は北方文芸の同人である。また推理作家「東直己《あづまなおみ》」（一九五六年四月十二日〜、代表作「探偵はバーにいる」）も同人であり、直木賞作家の「藤堂志津子」、北海道新聞文学賞受賞者の「桃谷方子」も同人である。彼らとはススキノの文士バー「（たしか）喜楽《きらく》？」で、道新ビル地下にあった文士喫茶で交流した記憶がある。

今回の小説執筆で、著者は大切な教訓を得ることができた。

「小説は言葉の彫塑作品である」という教訓だ。

言葉を積み上げ、削って、無駄な表現を極限まで排除し、人の心を表現する芸術、それが小説という創作である。

そんな当たり前のことを知らずに書いてきたのかと、文系諸氏に笑われそうであるが、理系の吾輩は知らずに文芸作品を書いてきたのだ。なるほど売れないはずである。

令和五年十二月二十一日　ＦＭ78・6㎒、送信出力10ワット　ラヂオノスタルジアにて

安濃豊（あんのう　ゆたか）

昭和26年12月8日札幌生れ。北海道大学農学部農業工学科卒業。

農学博士（昭和61年、北大農学部より学位授与、博士論文はSNOWDRIFT MODELING AND ITS APPLICATION TO AGRICULTURE「農業施設の防雪風洞模型実験」)。

総理府（現内閣府）技官として北海道開発庁（現国土交通省）に任官。

昭和60年、米国陸軍寒地理工学研究所研究員、ニューハンプシャー州立大学土木工学科研究員。マサチューセッツ工科大学ライト兄弟記念風洞研究所にて日本人混相流体学者として初の研究講演。平成元年、アイオワ州立大学（Ames）航空宇宙工学科客員研究員（研究テーマは「火星表面における砂嵐の研究」)、米国土木工学会吹雪研究委員会委員。平成6年、NPO法人宗谷海峡に橋を架ける会代表。平成12年、ラヂオノスタルジア代表取締役、評論家、雪氷学者、ラジオパーソナリティー。

安濃が世界で初めて発明した吹雪吹溜風洞は国内では東京ドーム、札幌ドームの屋根雪対策、南極昭和基地の防雪設計、道路ダム空港など土木構造物の防雪設計に、米国では空港基地、南極基地の防雪設計、軍用車両・航空機の着雪着氷防止、吹雪地帯での誘導兵器研究に使用されている。

主な著書に『大東亜戦争の開戦目的は植民地解放だった』『絶滅危惧種だった大韓帝国』『日本人を赤く染めた共産党と日教組の歴史観を糾す』『哀愁のニューイングランド』『アジアを解放した大東亜戦争』『ハルノートを発出させたのは日本か』（いずれも展転社）がある。

吾輩は猫ではない、宇宙人である

令和六年一月二十二日　第一刷発行

著　者　安濃　豊
発行人　荒岩　宏奨
発　行　展　転　社

〒101-0051　東京都千代田区神田神保町2-46-402
TEL　〇三（五三一四）九四七〇
FAX　〇三（五三一四）九四八〇
振替〇〇一四〇―六―七九九九二
印刷製本　中央精版印刷

ISBN978-4-88656-573-0